一个不纯粹的人

殷茹 著

山西出版传媒集团
北岳文艺出版社
BEIYUE LITERATURE & ART PUBLISHING HOUSE
·太原·

图书在版编目（CIP）数据

一个不纯粹的人 / 殷茹著. — 太原：北岳文艺出版社，2019.1（2020.3 重印）
ISBN 978-7-5378-5685-0

Ⅰ. ①一… Ⅱ. ①殷… Ⅲ. ①小小说—小说集—中国—当代 Ⅳ. ① I247.82

中国版本图书馆 CIP 数据核字（2018）第 208924 号

书名：一个不纯粹的人	特约编辑：李 路 吴珊珊	封面设计：侯霁轩
著者：殷 茹	责任编辑：赵 雪	排版设计：杨梦清

出版发行：山西出版传媒集团·北岳文艺出版社
地址：山西省太原市并州南路 57 号　邮编：030012
电话：0351－5628696（发行部）
0351－5628688（总编室）　传真：0351－5628680
网址：http://www.bywy.com　E－mail：bywycbs@163.com
经销商：新华书店
印刷装订：三河市同力彩印有限公司

开本：880mm×1230mm　1/32
字数：195 千字　印张：7.75
版次：2019 年 1 月第 1 版
印次：2020 年 3 月河北第 2 次印刷
书号：ISBN 978-7-5378-5685-0
定价：49.80 元

闪小说天空中的一颗明星

文 / 程思良

在群星辉耀的闪小说天空中,殷茹无疑是一颗熠熠闪光的明星。她是中国寓言文学研究会闪小说专业委员会成员、特邀评论员。她的闪小说佳作,不但频见于诸多中外知名报刊,而且在各类全国性闪小说大赛中屡获佳绩。倡导闪小说的标志性刊物《当代闪小说》的"名家构筑"栏,曾对她予以特别推荐。这一切,均是她作为闪小说实力派作家的明证。

王蒙在《我看小小说》中说:"小小说是一种敏感,从一个点、一个画面、一个对比、一声赞叹、一瞬间之中,捕捉住了小说——一种智慧、一种美、一个耐人寻味的场景、一种新鲜的思想。"将此语移用到殷茹的闪小说上,亦十分适合。殷茹以女性特有的敏感细腻之心,感知着五光十色的社会生活,于无声处听惊雷。她善于撷取生活中的一朵小浪花,摄取一个小镜头,或者是抓住生活中某一"闪光点"作文章,慧心独运,巧思妙构,滴水藏海,以小见大,材料体积虽极其有限,却能在方寸之地积聚起巨大的爆发力,彰显艺术魅力、显现艺术高度。

文学离不开写人,人性和人情是作家关注的重要主题。大千世界、芸芸众生的日子大多是琐碎而平庸的,殷茹却能从中发现人性美与人情美的光芒。她的不少闪小说都是人性美与人情美的颂歌,触动人们内心深处那块最柔软的地方。如《谎言里的爱》,写丈夫一直对病重中的妻子隐瞒儿子两年前因为精神抑郁自杀身亡的噩耗,那谎言中的爱,让人心灵为之颤动。如《恋歌》,写她对真爱的执着追求,虽殒身而不恤。那炽烈的爱,令人不能不为之动容,乃至潸然泪下。罗丹说:"生活中不是缺少美,而是缺少发现美的眼睛。"诚然!日常生活中,我们曾错过了多少美丽的风景啊！

尤其值得一提的是，殷茹不戴有色眼镜观察人，因此，其笔下的一些人物，具有性格的多重性与复杂性，反映本真。如《一个不纯粹的人》中的"犯人"、《第七天》中的"劫匪"，他们的人性中，无不兼有善与恶的因子。他们作恶着，亦行善着，都是不纯粹的人，因此，我们很难为他们贴所谓"好人"或"坏人"的标签。

闪小说讲究构思精巧，杯水兴波。殷茹的闪小说也不例外。她在寥寥几百字中逞才炫技，故事情节跌宕起伏，意外频出，引人入胜。如获得中国第二届闪小说大赛银奖的《秋菊失踪了》，小说中作者布阵设疑，掀波叠浪，层层推进，最后峰回路转，凌空一闪，抵达故事的高潮，出人意料之外，却在情理之中，让人拍案叫绝。

以细腻的笔触写人叙事、写景状物，于细微处见精神，也是殷茹闪小说的一个特色。如《游子吟》中，写那辆出租车的与众不同："车窗一尘不染，车座上放着温软洁净的坐垫，坐垫上还镶着花边；脚下铺着羊毛地毯；玻璃板上镶着名画复制品。更令人意外的是，车上还放着一个水果盘，有新鲜的水果和瓜子供顾客免费享用。"闪小说强调行文简洁，这篇作品中却对出租车内的布置详加描写，似乎犯了大忌，然而，这绝非可有可无的冗笔，而是必不可少的妙笔。正是因为有了把车装饰得像家一样的细致描写，为后文写漂泊在外的司机希望每个客人都能从这里感受到一些家的温暖和味道做了很好的铺垫，同时，也在这细微处暗示出司机的生活态度与精神境界。

常言道："题好一半文"。作品的题目好比人的眼睛，一双美丽动人的眼睛，总能摄人心魂，激起强烈的阅读兴趣。殷茹的闪小说在标题上颇下功夫，或设下悬念、或揭示主旨、或渲染环境氛围、或奠定感情基调、或提示行文线索，其中很多精彩标题，可谓画龙点睛，极富艺术张力。如《我们不要怀念她》《空舞台》《开满阳光的午后》《一封没有寄出的信》《出售时间的女孩》等。这些为小说锦上添花的标题，照亮了读者的眼睛。所以在欣赏殷茹闪小说时，其标题艺术也是值得我们细细品味的。

殷茹的闪小说尚有诸多特色。如言简意赅、含蓄蕴藉；如对人物内心世界的深入描写；如寓讽刺于幽默中，但不是尖锐犀利的批判，而是温婉的微讽……兹不赘述。

自闪小说这一新文体横空出世以来，殷茹一直是其中的弄潮者。她已创作出数百篇闪小说，其中让人眼前一亮的佳作不胜枚举。我相信，她会继续弄潮涛头，"闪"出更多的亮丽。

Contents 目录

第一辑 一个不纯粹的人 / 001

- 002 一个不纯粹的人
- 003 空舞台
- 004 第七天
- 006 两棵大白菜
- 007 小巷深处
- 008 偷偷往家送钱的人
- 010 空瓶子
- 012 一个热包子
- 013 茉莉花开
- 014 父亲的秘密
- 016 我家阿婆胆子小
- 017 刀划过的声音
- 019 穿红裙子的女孩
- 021 幕后人生
- 022 岔口

第二辑 一招鲜 / 023

- 024 一招鲜
- 026 咱俩是朋友
- 027 午夜乘车人
- 028 医患
- 029 清晨下了一场雨
- 030 弄巧成拙
- 031 发生
- 033 结果
- 034 绝招应聘
- 035 娘家人
- 037 认亲
- 038 卖点
- 040 树上有只鸟
- 042 愣神
- 043 意外收获
- 044 这忙帮的
- 045 吃白食
- 046 隔行如隔山

I

第三辑 游子吟 / 047

- 048 游子吟
- 050 第三支牙刷
- 052 开满阳光的午后
- 054 王五漂流记
- 055 钱途
- 056 回信
- 058 末世的呼唤
- 059 尘埃
- 060 飘扬的红纱巾
- 062 孩子别哭
- 063 秋菊失踪了
- 064 心债
- 065 活着
- 066 绿萝
- 068 赵老六进城
- 069 张三得了抑郁症

第四辑 我们不要怀念她 / 071

- 072 我们不要怀念她
- 074 一封三十年前的情书
- 076 茶伴
- 078 蜕变
- 079 买车
- 081 女人和井
- 083 一张老相片
- 085 一封没有寄出的信
- 087 同心锁
- 088 致命的爱
- 090 遗嘱
- 091 理想
- 092 樱桃
- 094 初恋一点都不美

第五辑 怀念一朵云 / 095

- 096 怀念一朵云
- 098 水儿姑娘
- 100 第八天
- 101 恋歌
- 102 他的名字叫秋石
- 103 等你带我去看海
- 105 少年和他的羊群
- 107 2002年的第一场雪
- 108 失恋的云朵
- 109 当年
- 111 桥
- 113 第二十二位房客
- 115 最后一片叶子
- 116 单身女孩
- 118 一棵树的相思
- 120 伴侣

第六辑 美丽的背影 / 121

- 122 美丽的背影
- 123 情人节的礼物
- 124 出售时间的女孩
- 126 我想跟他谈谈
- 127 邂逅
- 129 尴尬的生日礼物
- 130 对不起,谢谢你
- 132 失踪的男友
- 134 一个人的爱恋
- 135 考验
- 136 红本本绿本本
- 137 谎言里的爱
- 139 风波
- 140 回家的路
- 141 驿站
- 143 最美不过夕阳红
- 145 幸福的烦恼
- 146 下辈子

第七辑 地铁里的歌声 / 147

- 148 地铁里的歌声
- 149 爬上一棵树
- 150 艳遇
- 151 火候
- 153 婚前婚后
- 155 剩女小五
- 156 愚人节
- 157 在路上
- 159 玛丽之死
- 160 执着
- 161 清明
- 162 面子问题
- 163 一早来了报案人
- 165 尴尬的约会
- 166 一块钱的故事
- 167 多看了她一眼
- 169 思考致富

第八辑 花儿笑了 / 171

- 172 花儿笑了
- 174 蒲公英的眼泪
- 175 笑街
- 176 决斗
- 178 房奴
- 180 一个人的战争
- 182 拯救
- 184 一条深海里的鱼
- 186 年根儿
- 187 作家的眼睛
- 189 梦醒时分
- 190 一片苦心
- 191 重生
- 193 异乡人
- 194 与一棵树有关的爱情
- 195 不是不想爱

第九辑 诚信无价 / 197

- 198 诚信无价
- 199 马路上买了三斤枣
- 200 一举两得
- 201 鹬蚌相争
- 202 一件小西装
- 204 马局长的酒
- 206 真的和假的
- 207 商战
- 208 求助
- 209 打喷嚏
- 211 拾荒的老人
- 213 境由心生
- 214 探岗

第十辑 出售幸福 / 217

- 218 出售幸福
- 219 还礼
- 221 奇怪的乘客
- 222 一个真实的故事
- 224 收废品的小伙子
- 225 作家不是一般人
- 226 舍得
- 227 捡来的爱
- 228 老伴
- 230 雇来的爱
- 232 唠叨妻
- 233 因小失大
- 234 事出有因
- 235 邻居

第一辑 一个不纯粹的人

一个不纯粹的人

审讯室里,警察正在审问犯人。

这个包是不是你抢的?

是的。

包里的钱呢?

送人了。

送给谁了?

我在路口抢劫一女子,她身上只有八块钱,我嫌少,她说都被老板克扣了,想回家,没有路费,已经在路口站一整天,没有车愿意载她。我看她可怜,就让她等着,我又抢了五十元送给了她。

有个老乞丐说你还抢了他一块钱,这事是真的吗?

那不算抢,是借。

说说怎么回事?

因为我太饿了,就向他借一块钱,想买两个烧饼吃。我告诉他我说话算话,既然是借,就一定会还的,他还磨叽,我就从他手里夺了一块钱。走不远,遇到一瞎子,见他比我还可怜,就给了他五毛,剩下的五毛我买了两个包子。

我们的民警追你时,据说你已经跑了,可后来为什么又回来了?

嘿嘿,那警察没我跑得快。当时天色已经暗了,他只顾追我,没留意身边的车辆,我听到响声时,看到他已经倒在地上,撞他的车跑了,我就回来了,我是当时唯一的目击证人,我知道车牌号,只想回来给他做个证。

警察站起来,在屋子里踱步,转了几圈,猛地一拍桌子:你这个人,怎么这么不纯粹呢?!

空 舞 台

他来到剧院时，这里刚刚结束一场盛大的演出。

他带着谦卑的笑，把一盒烟递到锁门人的手里，恳求他让自己进去看一眼。

"你要找人？"

"不找。"

"不找人你进去看什么？"锁门人把他拿烟的手挡了回去，咔嚓上了锁。

"我……我想进去看看舞台。"在锁门人怀疑的目光里，他继续谦卑地笑着，恨不得把自己缩成一个小圆点。

"人都散场了，你还进去看什么？"锁门人奇怪地问。

"请你相信我，我不是坏人，"他说，"我是个老演员，自从妻子得病后我再也没有演过戏，三十年了，连站在舞台上什么滋味都快忘记了……"

锁门人的眼睛湿润了，他拿出钥匙，默默地打开了锁。

这是一个空寂的舞台，狂热的观众散去了，华丽的布景撤下了，偌大的场内只剩下一盏照明的工作灯。

他站在舞台上，看着空无一人的观众席，沉浸在对往事的回忆中，那一缕缕、一幕幕如同过山车一样在他的脑海里依次闪现：大幕拉开了，鼓点敲起来了，他随着那鼓点开始忘我地舞动……

当他停下来的时候，观众席上有人在鼓掌，那是锁门人的掌声。

第七天

夕阳挥发掉最后一抹余晖，温情脉脉地西去了。他拖着沉重的步子在街头踯躅徘徊，这是他来到这座城市的第七天。

七天前，他背着简单的行囊离开了家，年迈的母亲把他送到村口，对他说："孩子啊，到了外边好好干，实在不行就回来……"

可是，他怎么能回去呢，回去后怎么面对母亲那双失望的眼睛？七天来，他揣着希望叩响了一个个公司的大门，却一次次被拒之门外，一周过去了，他身上还剩下十块钱，连回去的路费都不够了。

夜幕聚拢起来，原本喧嚣的街道恢复了宁静。

他走累了，在路边的台阶上坐下来，这时，他听到了呻吟声。不远处，有一位老人蹲在垃圾桶旁瑟瑟发抖，当他得知这位老人迷路了的时候，赶紧拨打了110，然后把老人搀起，脱下自己的外套给她披上。警察到了，老人仍在发抖，他想，她可能是饿了，就把身上仅有的十块钱掏出来塞到老人手里，嘱托警察一定先带她去吃点什么。

老人走了，他又回到路边，望着深沉的夜色发呆。

微风袭来，饭店里的香味不时飘过来，他的肚子开始咕咕作响。他翻遍身上所有的口袋，身上除了有把水果刀外，没有一分钱。为了躲开香味的折磨，他离开了那里，但那香味好像钻进了他的心里，总也挥之不去。

路灯疲惫地闪烁着，他的腿越来越软，到最后他所有的思绪都凝固了，心里只剩下一个念头：饿！这时，迎面走来一个姑娘，姑娘肩上的包吸引了他的眼球。

一个念头一闪，他攥着水果刀就冲了上去……姑娘凄厉的呼救声打破了静寂的夜空,他仓皇离开之前,看到了血……

　　警察把他带走后他才知道,那位姑娘是出来寻母亲的,她的母亲就是那位迷路的老人。

两棵大白菜

刘奶奶听到有人敲门,透过门缝,她看到一双大脚,心里咯噔一下,那不是刘二吗?

刘二以前因为偷东西被劳教过,出来后倒是规矩了许多,承包了几亩地,种起了大棚蔬菜,据说收益还不错。刘二每次去菜地时都要从刘奶奶家门前经过,刘奶奶便把原来的小锁扔了,换了一把大锁。

他敲门会有什么事呢?刘奶奶盯着那双脚发呆,不敢开门。

正在她疑惑时,那双脚消失了。刘奶奶刚想出门,忽见围墙上头探出一个光秃秃的脑袋。刘奶奶赶紧缩回头,心口怦怦跳着,去摸门后的火钳。

她把火钳紧抓在手里,偷偷把窗帘拨开一条缝,墙头上的脑袋不见了。她没有听到声响,院子里也空空的,人呢?

又等了一会儿,刘奶奶听到门外有人说话,那是隔壁花婶的声音,她悬着的心稍稍放松一些,从屋子里走出来。

刘奶奶拉开门闩,没有人影,门口放了两棵新鲜的大白菜。

这时,花婶走了过来,说:"俺家门口也有两棵呢,听说是刘二送的,那小子真不孬,致富不忘大伙哈。"

花婶的笑声飘远了,刘奶奶才回过神来。她颠着小脚,把白菜抱进屋里,然后把门上的大锁摘了,又换上了原来的小锁。

小巷深处

夜，小巷深处。

她在前面仓皇行走。

他在后面紧紧尾随。

他对她的美色垂涎已久，对她几点上班，几点下班，何时加班都了如指掌。

他悄悄掏出准备好的刀子，心想，到了前面拐角处……嘿嘿！如果她敢不从的话……他看看手中的那把刀子，锋利的刀刃上闪着银白的光。

几只蛐蛐不知疲倦地叫着，远处隐约传来几声犬吠。

她惶然回头，诚恳地叫他："大哥，我怕狗，你送我一程吧。"

他有些不知所措，茫然点头，把手里的刀子悄悄掖到了衣下。

她与他在路上随意闲聊，像多年不见的老友，谈工作，谈人生，谈天气……

不知不觉，他把她送到了家门口。

"谢谢你啊，大哥！"她与他挥手告别。

"不客气。"他转身离去。

小巷又恢复了寂静，云淡风轻。

偷偷往家送钱的人

李广两口子省吃俭用买了一套房子,除去贷款不说,还欠下一笔外债。

领到新房钥匙以后,他把乡下的母亲接了过来,总算有自己的家了,要让老人过来享享福。

这天中午,母亲突然拿出五百块钱交给李广,说上午有一位三十岁左右的男子送来的。

李广一愣,这些年净欠钱了,怎么会有人主动往家送钱呢?

李广想起了爱人大梅,莫非她脚踏两只船了?

李广暗暗观察了半个多月,没有发现什么疑点。

正当他为此事寝食不安的时候,母亲又拿出一沓钱,说又来了一个女的送来五百。

李广再不敢大意,他赶紧把大梅叫来,把前后两次有人往家里送钱的事都告诉了她。大梅也觉得这事蹊跷,难道别人送礼走错了门?

两人不敢含糊,李广干脆在防盗门上装了个摄像头,如果再有人送钱来就能知道是谁了,也好尽快把钱还给人家。

一个月后,送钱的人没找到,钱倒自己找上门来。母亲说她去买菜的路上,又有人硬塞给她五百块钱,拉都拉不住。

李广两口子觉得不可思议了,他们甚至有些后怕,母亲年纪大了,怎么问也说不清楚,天上是不会掉馅饼的,这事是福是祸还说不好。

第二天,李广看着母亲挎着菜篮子出了门,就悄悄地跟了上去,他要亲自抓住那个偷偷送钱的人。

母亲离开家后没有去菜市场,而是直奔闹市方向。李广以为母亲迷路了,正要拉她回来,突然看到母亲从菜篮子里拿出一个编织袋,弯腰弓身地拾起路旁的垃圾来。

　　李广恍然大悟,泪水从他的眼角滑落下来。

空瓶子

那天，我们一行几人在郊外野餐，突然发现没有带水，正口渴难忍，一辆宝马车在我们身边停下，从车上下来一位衣着光鲜、气质儒雅的中年人，他笑着问我们渴不渴，说如果渴的话他可以请我们免费喝绿茶。

大家面面相觑，怀疑是在梦中，都不相信这是真的。

中年人好像猜透了我们的心思，他从车里拿出一瓶，拧开盖，自顾自喝起来，那样子仿佛在说，放心吧，这里面没毒。

看他的样子不像坏人，再说我们也确实口渴得难受，于是大家商量一番，决定掏钱购买。

中年人说："买就不用了，只是请你们喝完后把空瓶子留下。"说着，他从车上搬下一整箱绿茶，放到我们脚下，不等我们说声谢谢就开车离开了。

大约一个小时后，我们吃饱喝足，正准备离开，那个中年人又来了。奇怪的是，中年人没有下车，他指使一个白发老太太走了过来，老太太看到我们都盯着她，似乎有点拘谨，她看着那些摆放得整整齐齐的空瓶子，用近乎卑微的语气问我们："这些瓶子你们……还要吗？"

我连忙摇头，说："不要了，您都拿走吧。"说着我和朋友用身边的塑料袋把那些空瓶子一一装好，要给她送到车上去。老太太一脸感激地望着我们说："不用送了，我自己行，你们真是好人啊。"

这时，中年人也跟了过来，他对老人说："呵，您老运气真好，今天收获不小啊。"老人听到夸奖，像看宝贝一样看着那些空瓶子，乐得合不拢嘴。

老人上车后,中年人看着疑惑的我们,不好意思地笑笑,悄声说:"这是我妈,她是捡废品把我养大的,一看到哪里有空瓶子就很开心,我只是想让她高兴高兴。"

一句话说得我们羞愧不已。

一个热包子

太阳昏昏沉沉地坠落下去,很快连最后一丝光线也隐去了。阴冷的风不时从胡同里穿过,挑逗性地抚弄着他的乱发。肚子又不合时宜地叫了,他紧了紧腰带,焦急地探着身子朝两边张望。

一个老太太在胡同口出现了,手里提着一包东西。

"大娘,您好啊!"还没等老人走近,他便迎了上去,从口袋里掏出一张百元钞票,满脸笑容,"大娘,我等着坐公交,想跟您换些零钱。"

老人连连摇头:"对不起,孩子,我只有几块零钱。"

他略显失望,突然想起什么,从上衣口袋里摸出一张十元的纸币。"大娘,十块钱能换开吧?"

老人又摇摇头:"孩子,我只有九块零钱。"说着,还唯恐他不信似的把手里的零钞摊开让他看。

"行了,就这样吧。"他一把抓过老人手里的零钱,把自己那张十元的纸币往老人手里一塞就走。

"小伙子,你等等!"老人在后面喊。

他没有回头,脚步越来越快。

"孩子,我可不能占你这个便宜,这包子还热着,给你一个!"他的心一热,脚步慢下来,看到老人晃动着一双小脚在后面追,手里捏着他给她的那张假币。

又一阵风旋过来,他揉了揉眼睛,迎着老人跑过去,把手里的零钱重新塞回老人手中,哽咽着说:"大娘,您收好,这钱,我不换了。"

茉莉花开

病房里,女孩问床上的男人。

"爸爸,你会死吗?"

爸爸愣了一下:"也许吧。"

"你死了以后会去天堂吗?"

"会吧。"

"你在天堂里会寂寞吗?"

男人哑然了,这个问题他从来没有想过,女孩像变魔术一样从背后变出一个包包。

"爸爸,我用所有的零花钱给你买了一包茉莉花种子,你把它们撒到天堂里,就会开出许多许多好看的茉莉花,那样你就不会寂寞啦。"

男人微笑着把女孩抱进怀里,泪光闪烁。

父亲的秘密

张强发现父亲最近有些反常，他一大早就往公园里跑，回到家就往他那间小屋里一钻，门关得死死的，半天不出来，而且天天如此。他觉得奇怪，难道父亲有什么秘密瞒着他？

这天，张强看到父亲又回到小屋内关起了门，他偷偷隔着门缝往里瞧。看到父亲背对着他坐在影碟机前，因为父亲的背影正好挡着了电视，看不出父亲在看什么，也听不到声音，显然父亲把声音关了。

张强越发觉得蹊跷，父亲爱看戏，母亲去世后，他怕父亲寂寞，专门给他买来影碟机和一些戏剧碟子，这不是什么见不得人的事，可父亲为什么要偷偷关起门来看呢。难道父亲在看黄碟？儿子脑海里闪出这个念头时，连他自己都吓了一跳。

这天，等父亲出去后，他悄悄进了父亲房间，找到父亲放映的光盘，才知道错怪了父亲。原来母亲在的时候，张强曾给二老拍了很多照片，都保存在一张光盘里，交给父亲保管，父亲看的就是这些照片，难怪没有声音呢。

可是，父亲为什么老往外跑呢？

张强决定跟踪父亲，看看他到底在做什么。他来到公园，看到父亲先是在老年活动区转了一圈，然后径直走到公园角落里的一个女人面前蹲了下去。看得出来他们很熟络，女人递给他一个小板凳，两人亲热地聊着，似乎有说不完的话。

张强很疑惑，难道父亲心里寂寞，想找个老伴？

由于离得太远，张强听不清他们在说些什么，但他看到父亲想说的话显然很多，从坐下那一刻，嘴巴就没有停歇过。他悄悄走过去，想弄清父亲跟这女人到底是什么关系。

当他走到父亲背后时,眼泪涌了出来,他看到那女人脚边立着一个小瓦楞纸板,上面写着:陪聊天,一小时十五元。

我家阿婆胆子小

阿婆今年六十多岁了,从没跟人红过脸,她的脸上总是带着谦卑的笑容,说话慢言轻语,像个害羞的小姑娘,就连走路也很小心,蹑手蹑脚地,用阿公的话说,连个蚂蚁都踩不死。

阿婆说,蚂蚁也是条命,为啥要踩死呢?她还说在外面跑的都是工蚁,还有一大堆蚁仔等着它们找东西回去活命呢,活着都不容易,踩死一只,就等于欠下了七条命。

阿婆不仅胆小,还很迷信。

夏天的傍晚,萤火虫很多,亮晶晶的,惹人喜爱。我时常联合村里的小伙伴大张旗鼓地去捉,然后拿回去当灯笼点。有一次,阿婆见了,堵着不让我们进门,她说,萤火虫是死去的亲人舍不得家,用它们照明找老屋呢。一句话吓得我们全都放生了。

谁也没想到,如此胆小的阿婆却做了一件惊天动地的事。

那天,刚下过小雨,街里突然传来一阵惨叫声,原来村里的一个精神病患者大黑犯病了。他手里举着把菜刀,见人就追,追上就砍,已经有个人倒在了血泊中,但村里人都远远地望着,谁也不敢上前。这时,阿婆突然扭着小脚扑了过去,死死抱住了大黑的腿。大黑把刀举了起来,大家都为阿婆捏了一把汗。

幸好,刀没有落下来,就在大黑愣神的一刹那,众人一拥而上,夺下了他手里的刀,把他送进了精神病院。

我们把阿婆搀扶起来的时候,她脸色发白,浑身发抖,紧张得说不出话来。

等阿婆平静一些的时候,我问她怕不怕。

阿婆说,怎么不怕?我怕他去杀人。

刀划过的声音

刘老头一看到二娃就扯着嗓门喊起来。

"浑小子,你想偷瓜?"

二娃从瓜园里直起腰。

"我没偷。"

"我明明看到你蹲在那里,要不是我喊得快,可能早摘掉了,还不愿承认?"

"我蹲下是因为鞋带开了,我在系鞋带。"

"哟嗬,你小子还真能狡辩啊。"刘老头把手里的烟卷在地上摁了摁,"那我问你,你来我这瓜园干什么来啦?"

"来看看。"

"来看看?看什么?我看你是不撞南墙不回头。"

刘老头大踏步走到二娃面前,老鹰拎小鸡般把二娃提进了村子。

在村里人面前,在叔叔、婶子、大娘惋惜的目光里,二娃的脖子依旧挺得很直。

"我真的没有想偷瓜。"他说。

"这孩子就是犟!"

"让他老子把他吊房梁上抽一顿,不怕他不承认。"

"给他老师打电话,让他在学校里丢丢人。"

在村里人七嘴八舌的议论声中,二娃的脸越来越红,豆大的汗珠顺着脑门滚落下来,重重地砸在地上。

"我只是想看看,真没想偷。"二娃抬起头,泪眼巴巴地望着刘老头。然而,他再一次失望了。

这时,他看到了一把刀。刘老头腰里挂着一把切西瓜的刀。他飞快地抽出来,照着自己的大拇指狠狠地切去,"嗞——"刀划过皮肤的声音把人们的心震得一颤一颤的。

事后,有人说:"二娃真傻。"

有人说:"这孩子有血性。"

更多的人在想:眼睛看到的不一定就是事情的真相。

穿红裙子的女孩

金小飞坐在网吧的角落里,望着电脑屏幕发呆。

高考落榜后,他就离开了家,来到这座陌生的城市里。现在,他的钱已经花完,从昨晚起他就只喝了一瓶矿泉水,肚子早已经咕咕乱叫了。

他的旁边坐着一个穿红裙子的女孩。女孩手里拿着一块金黄的面包,面包的香味不时扑进金小飞的鼻孔里,他痛苦极了。

他使劲控制着自己不去注意她,却管不住自己的眼睛。女孩吃得很慢,每咬一口,他的喉结都会痛苦地蠕动一下。后来,他干脆闭上眼睛,但面包的影子老是在他的眼前晃动,恍惚中,他想象着那块沾满奶油的面包已经飞到了他的嘴里,他贪婪地咀嚼着……

当金小飞睁开眼睛的时候,发现女孩不见了,身旁的电脑桌上放着那块还剩下三分之一的面包。他以为那女孩走了,再也控制不住自己,一把抓起面包三下两下塞进嘴里……

午后的太阳软绵绵的,街上连一丝风都没有。金小飞站在十字路口,望着来来往往的人群,茫然而失落。

金小飞没有想到,他会在街上再次遇到那个女孩。

"嗨,能帮个忙吗?"女孩说,"我想用你的手机给我妈打个长途。"

金小飞有些尴尬,他踌躇着把手机递过去。离开家的时候他才充了一百元话费,还没有用过。

女孩拨完号码,说了好长时间的话,把手机还给金小飞的时候,从包里掏出五十块钱,说:"这是给你的话费。"他本来不想要,但看到钱就想到了金黄的面包片,忍不住接了过来。

金小飞用这些钱吃了一顿饱饭，饭后，他突然想给家里打个电话，离开家已经有半个月了，他想家了。

打电话之前小飞先查询了一下话费，还是一百元。小飞很奇怪，刚才那女孩明明打了好长时间的长途啊。又仔细查找了一下拨出记录，竟然没有号码。小飞的眼睛湿润了。

后来，小飞用剩下的钱买了回家的车票。他准备回去复读，等考上了大学，再来寻找那位穿红裙子的女孩。

幕后人生

这座楼五分钟后就要爆炸了。

此刻,他正站在三楼的房顶上,不时地看表,心急如焚。

一、二、三、四……他听到身后轰的一声,只觉得背后滚烫。他不知道为什么爆炸提前了一分钟,但局势已经容不得他多想,只得凭感觉硬着头皮往下跳。砰的一声,他落到一辆正要发动的汽车上。没想到车里的人是个歹徒,是个拼命想置他于死地的人。

车发动了,车里的人叫嚣着要把他甩掉,碾成肉泥。他没有选择,只得死死抓住车顶,与对手巧妙周旋。而后,他瞅准机会,腾出一只手,一拳砸碎车玻璃,三分钟后,迫使已受伤的歹徒把车停了下来,乖乖就范……

现场响起了热烈的掌声,这是最艰难的一场戏,他的表演得到了大家的肯定,导演朝他竖起了大拇指。

烟火师内疚地向他道歉,说由于紧张,导致爆炸提前半分钟……

他哈哈一笑,表示谅解。下班后,他打车去了医院,尽管在跳楼前他已用水把自己全身浇了遍,但还是被烈火烧伤了。但这事他不愿告诉别人。

第二天是剧组的庆功会,他躺在家里默默养伤,没有人通知他,也没有人邀请他。

当人们在电视里看到那场惊险而又精彩的表演时,惊呼不断,却没有人会想到他。每想到此,他偶尔也会伤心,但不等眼泪掉下就已经被拭去,他不想让别人看到他流泪,因为这关乎他以后的职业生涯。

是的,他只是个演武戏的替身。

岔口

　　前不久，我携妻子去参加一个乡下朋友的婚礼。农村这几年的变化很大，都是新修的柏油马路，车子平稳地行驶着，不时有温和的风灌进车里，抚摸着我们的脸颊，滋润着我们的心情。

　　远远地，我看到前方有个分岔口，柏油路旁有条坑洼的小土路，一个背着草篮子的老太太手里挂着一根木棍站在岔路口。等我们的车子驶近她的时候，她扬起手里的木棍要拦我们的车。

　　"前面的路不通，走这条。"老太太用很大的嗓门说，以至于她的声音听起来有些嘶哑。

　　"别理她，"妻子紧张地说，"现在的人都狡猾着呢，为了要些钱指不定使出什么歪招来。"

　　说话的当儿，有一辆车穿过我们，向前驶去，我看了看老太太，又看了看她手里依旧扬着的木棒，等车缓缓驶到她身边时，猛踩了一下油门，车子发出一声怒吼，从她身边蹿了过去。

　　车子开得飞快，五分钟不到，我们就发现前面的柏油路面消失了，再往前走是一条河，这是一条新路，桥还没有开始修。

　　仿佛被人扇了一耳光，我和妻子都没有说话，我默默地倒车，掉头，当然，先前开过去的那辆也开始往回转。

　　老太太在原地坐着，她面无表情地看着我们的车子回来，停在她身边。我从车里拿出水果和香肠要送给老人，她这才慌忙站起来，连连摆手和我推让。无奈，我只好把东西放到地上，急忙钻进车里，拐向一边的小路。车子行驶了好远，我从后视镜中看到老人还盯着我们的车，手一直举着。

　　我的心隐隐作痛。

第二辑

一招鲜

一招鲜

青石板镇锣鼓喧天，柳家羊肉汤馆开业了。

掌柜为了招徕顾客，在门口竖了个"当天用肉，当天宰羊"的牌子。即便如此，生意仍是冷清。

翌日，馆内进来一老者，落座后，只用筷子在汤里搅动几下，即起身离开。跑堂的不知其意，也不便问。没想到第二日老者又来了，依然如此。

一周后，也就是那老者来的第八天，柳家羊肉汤馆出事了。

老者像往常一样拿筷子在汤里搅动几下，一拍桌子，冲店内大喊："这不是新鲜羊肉，你们得给个说法！"

柳掌柜稳步踱出，拿筷子夹起一块羊肉看了看，稍许，冲老者一拱手："请您到后堂说话好吗？"

老者走后，柳掌柜对新来的厨师大春说："把你的账结了，明天就不要来了。"

晚上，月牙西斜，一处幽静的小院里，大春和那老者的影子形同两截枯木。

"爹，我给你用隔夜羊肉做汤的事被人发现了！"

老者沉默半响，说："孩子，不要怕，照我说的办。"

几日后，有人看到老者又在柳家羊肉汤馆出现了，一些喜欢看热闹的顿时把汤馆围了个水泄不通。

再看那老者，气定神闲，一挥手，有人牵进一只羊来。

柳掌柜疑惑地问："您这是……"

老者面露羞愧之色地说："柳家羊肉汤是我喝过的最鲜的汤，我不该错怪您，特送一只羊前来赔罪。"说着拉过一旁的大春，"快，给柳掌柜跪下。"

柳掌柜连忙拦住说:"人非圣贤,孰能无过。"说着安排后厨摆下酒宴,要款待老者和大春爷俩。

一群看热闹的顿觉没了兴致,喧闹着四下散去。

自此,柳家羊肉汤盛名远扬,生意奇好。

……

某日,夜深人静,柳掌柜紧紧握住老者的手说:"先生的戏演得极好,收获颇丰,我按约定给您送酬金来了。"

咱俩是朋友

　　李是和王非是一个厂里的工人，两人在一个院里住着，平时见了面也就是点点头，关系谈不上好也说不上差。但最近一段时间，王非总来李是家串门，来了也不久坐，说几句闲话就走了。

　　一开始，李是还以为王非跟老婆闹了别扭，出来散散心，可天天来就让人费解了。尤其是王非那双眼睛在屋里东瞄西看的，偶尔还往老婆身上那么意味深长地瞥一眼，令李是感觉很闹心。难道他们两个有勾搭？李是通过一段时间的观察并没有发现老婆有红杏出墙的迹象，难道那家伙是暗恋？如果是这样，那他的审美标准也未免太低了。李是百思不得其解，天天为这事心烦。

　　这天厂长为儿子办满月酒，两人都随了份子。王非喝得酩酊大醉，回来的时候厂长给两人打了一辆车，让李是可以方便照顾到王非。

　　车上，醉醺醺的王非使劲拍着李是的肩膀说："你才是我最好的朋友，我的好兄弟啊！"

　　李是一听，常说人酒后吐真言，看来他真把自己当朋友了，并为以前自己误会了王非感到愧疚。

　　王非继续说："咱们这厂长是我同学，我论学历和长相都不比他差，他凭什么各……各方面都比我混得强？生活比我富有，老……老婆比我的漂亮，连儿子出生都比我的重二两，为……为什么？"

　　李是只好劝他："人跟人不要比嘛，还有很多人不如你的啊。"

　　王非打了个饱嗝说："是啊，我这心里憋……憋屈的时候就到你家里坐坐，看看你家的陈设，再看看你的老婆，我这心里就舒……舒服多了。"

午夜乘车人

出租车司机老王拉完最后一趟活，已是午夜，正准备收车回家，一个民工模样的人匆匆跑来，报了一个路口的名字，让老王赶快开车，说要赶时间上夜班。

老王有点犹豫，天这么晚了，要去的地方也比较远，中间还要经过一段没有路灯的土路，那地方可是事故的高发段。不过，老王打量此人的样子比较憨厚，不像一个坏人，就放下心来。再说这年头挣钱也不容易，他可不想把到手的活丢掉。

车快开到那段土路的时候，乘车人说："师傅，这段路没有路灯，你慢点开。"老王嘴上答应着，无意中瞥见乘客正在戴手套，便随口问了一句大热的天怎么还戴手套的话。乘车人嘿嘿一笑，说戴手套是防止做活的时候留下痕迹。老王一听，心"咯噔"提了起来，莫非遇到了坏人？再偷眼看边上的乘客，怎么看都带着一脸的凶相。

老王利用换挡的机会碰了碰乘客怀里的包，触到了一个尖锐的东西，难道是凶器？老王的脸上开始往下流汗，他想，可不能为了点钱把小命搭上。想到此，他猛地加大了油门，然后再猛踩刹车。

"砰！"乘车人没有防备，一头撞在了挡风玻璃上，老王趁他还没有回过神的时候，飞速开门下车，一头扎进夜色里，然后跑到了一个相对安全的地方拨打了110。110问清情况，又让老王报了车号和停车的具体位置，让他保持冷静，说警察马上就到。

再说坐车的乘客，冷不丁被撞一下，司机也不知去向，还以为遇到了坏人，也赶紧拨打了报警电话。

"110吗？我是玻璃厂的工人，我遇到了坏人，快来救救我。"

医 患

　　一位患者向医生诉说病情："我四肢无力,不想动,对什么都没有兴趣,每天就只想睡觉……"

　　医生拿着开药方的笔在桌子上敲了敲说："一看你的神态我就知道了,你这是长期缺乏运动的结果。"

　　患者摇摇头："不,医生,我觉得不可能……"

　　医生皱了皱眉："不要告诉我什么可能什么不可能,我是医生,你得听医生的话,要相信科学。"

　　患者张张嘴,还想说什么,医生摆摆手,示意他不要说话。

　　"长期不运动的人,血液得不到循环,体内机能就会发生紊乱。如同一个机器,如果长时间不使用的话,一些零部件就会脱落、生锈,人也一样,如果你长期憋闷在家里,大脑呼吸不到新鲜的空气,就容易出问题,比如困乏、烦躁等等。"

　　"可是——"患者刚想说话,又被医生打断了。

　　"我能理解你的心情,谁都不想得这样的病,但既然已经得了,我们就要正视,对不对?"说着,医生开始写药方。

　　患者趁医生写字的工夫终于有机会插话了。

　　"我是个长跑运动员,"他说,"我的工作就是每天跑步,一天都不能停下来。"

　　"哦,怎么会呢?"医生愣了一下,但她很快又说,"不过嘛,也有例外,你这个症状显而易见,就是……就是运动过量的缘故。"

　　"那个药方怎么办?"患者问。

　　"这个好办,"医生"哧啦"一声把开好的药方撕掉,"重新开一张就是了。"

清晨下了一场雨

雨是从清晨开始下起来的,雨点又大又急,不一会儿路上就存了很多积水。

张工从早市上回来,看到一辆出租车像蜗牛似的卧在水里,司机正把着方向盘往外推车,他试图把车推到路边的人行道上,但车子只哼了一下就停住了。

雨继续下着。积水快要没过车轱辘了。张工是个老司机,他知道,一旦车厢里进了水,这车就报废了。想到此,他把雨伞和买来的菜放到路边的台阶上,朝出租车走去。

司机正在着急,忽见有人伸出了援手,不禁喜出望外。出租车在他们的共同努力下,终于吭哧着爬上了路边的台阶。

"车没有大碍。"张工看了一下车后,对司机说。

司机没有理他,迅速拉开车门,钻进车里,发动了车子。他看到张工还站在原地发呆,心道,你帮我推车不就是为了要钱吗,幸亏我上车快,不然肯定会被你宰一把,再说了,这车是你自愿推的,我可没请你。他掉转车头,准备从另一条小路绕道回去,这时,突然从倒车镜里看到那个人追了过来,一边追还一边大声嚷嚷着什么。司机慌了神,急忙加大油门,心里骂道:"这人真是要钱不要命了。"

他把车挡位挂到了最高。

这时,只听"砰"的一声响,那辆出租车陷了下去,闷哼几声,趴在水里不动了。

张工慢下脚步,失望地大喊:"我告诉你这条小路被水冲断了,喊那么大声,你咋就听不见呢?!"

弄巧成拙

小叶是那娜少女时代的朋友,收到她的回信,那娜又喜又愁。喜的是多年的姐妹终于又见面了,愁的是她曾经吹嘘找了个英俊潇洒的男友,可这男友姓甚名谁连她自己都不知道呢,这一来不就露馅了吗?

那娜心烦意乱,胡思乱想一阵,忽然计上心来。

她想起以前看到过的一个新闻"大学生网上租女友过年",何不也租个男友应付一下呢?而且她既然是顺道,想必也不会待太久,也就是见见面吃个饭的工夫。想到此,那娜打开电脑,在同城的网站上发了个租男友的帖子。

首要条件:英俊潇洒;租用时间:半天;租金面议。

帖子发出去后,很快便有了应征者,相约见面一看,此人高大英俊,一表人才。那娜心花怒放,当即签下协议,付了定金,并详细交代了需要注意的事项。

一切万事俱备,只欠东风了。

门铃响的时候,那娜还是有些紧张的,她定了定神,拉开门闩。

门外的小叶依然是儿时模样,温柔甜美,没有多大变化,那娜一眼就认了出来,想起儿时诸多往事,许多感慨涌上心头,她一把抱住了小叶,正准备说话,忽听身后的男人颤抖着声音说:"老婆,你怎么来了?"

发 生

有一个平时很受大家羡慕的人,最近突然感觉无聊起来。他觉得日子过得太单调了,每天都在复制着昨天的生活,简直没意思透了。他经常在太阳升起或者落下的时候望着窗外发呆,期待着每天能够发生点什么。可是,他一天比一天失望,日子像流水一样平静地流淌着,连一丝涟漪都没有。

这天,他正在街上溜达,突然被人撞了一下,正要看清楚撞他的是什么人时,发现前面有一个明晃晃的东西。

"嗨,"他大喊,"站住——你的东西掉了——"

前面那人扭头看了他一眼,竟然跑得更快了。

他把地上的东西捡起来,好家伙,18K的白金钻石戒指,值不少钱呢。不是自己的东西不能要,他想,吃了饭送到派出所去。

回到家,他随便吃点东西,又翻了会儿书,觉得困乏得厉害,就把戒指丢在茶几上去睡了。

这一觉睡到了妻子下班,是门铃声把他惊醒的。

"说说,你们单位有没有发生什么新鲜的事?"他希望妻子能给他带来一些新鲜的空气。

"哪有什么新鲜事发生啊,烦死人了。"妻子把身子歪倒在沙发上,突然又惊叫起来,"天哪,我的戒指怎么跑到家里来啦?"

"你的?"他的眼睛一亮,"你什么时候买的?"

"朋友送的。"

"哪个朋友愿意送这么贵重的礼物?你实话告诉我,是不是出轨了?"

妻子看了他一眼,然后不卑不亢地说:"我就是出轨了,你怎么着吧?"

他一下蔫了,把身子窝在沙发里,双手遮脸,一副痛苦不堪的样子。等他把手从脸上拿开的时候,脸上竟现出了喜色。

"终于发生点什么了!"他自言自语道。

结果

　　他前面走着一个满头银发的老太太，大概是去买菜吧，左手挎着一个竹篮，右手拄着一个拐杖。这时，他听到身后传来摩托车的声响，刚要回头看，那摩托车已掀起一阵风从他身边蹿了过去，他还没从这惊诧中醒过神来，前面那老太太便躺倒了。

　　老人是不是摩托车撞倒的，他确实没看清，但他知道，老太太倒下一定跟摩托车有关系。

　　他想喊住骑摩托的人，抬头的时候，人已无影无踪了。

　　他想把老人扶起来，又有点犹豫。老太太闭着眼睛躺在地上，一动不动，身上并没有被碰到的痕迹。

　　怎么就倒下了呢？他紧张地思索着，这里面会不会有诈？现在做好事反被诬陷的事很多，他甚至有点怀疑这老太太是不是跟那骑摩托车的人认识，如果是一伙的，那他就倒霉了。想到这里，他偷眼向四处瞧，人们都在着急赶路，并没有人注意他。

　　他正想走开，又一想，万一老太太是好人呢，他岂不错过了一次救人的机会。他开始设想，如果他把老人送到了医院，医生可能会说，再晚来一步就迟了，那他就挽救了一个生命，老人的家属肯定很感动，拉着他的手，说不定还会给他一笔报酬……

　　正在他继续设想的时候，一旁的老人睁开眼睛，慢慢站了起来。

　　老人又慢慢往前走了，他却站在原地发起呆来，心里除了有点愧疚外，还有种隐隐的失望。他想，我还没想好呢，她怎么这么快就起来了呢？

　　这样的结果是他无论如何没有想到的。

绝招应聘

某公司招收经理助理，张三、李四、王五从众多的应聘者中脱颖而出。这天，经理亲自接待了他们，他告诉三人，要想成为一名合格的助理，不仅要能吃苦，还要有随机应变的能力。正说着，忽听门外有人大声喧哗，这时，一个保安慌慌张张跑来，告诉经理，夫人来了。

经理脸色变了变，转身对三人说："今天就看你们的了，就说我不在，你们谁有办法把夫人劝回家，我就录用谁。"

张三先走了出去，他见到怒气冲冲的夫人后，热情地迎上去说："夫人您好，经理今天不在，您有什么事可以先告诉我，我帮您转达。"

夫人"啪"的一耳光扇了过来："转达个屁，我刚才明明听见他在里面说话呢。"

经理一使眼色，李四连忙跑了出去，他低眉弯腰地来到夫人面前说："夫人好，经理正在开会，您先回去，有事明天再说好吗？"

夫人怒目圆睁："滚开，有什么事能比老娘还重要？"

王五听见后镇静地走了出来，他先把夫人拉到一边，悄悄地说："您好夫人，经理正在会见一个重要客户，您这样闯进去，他会觉得脸上很没面子的。"

夫人叉着腰问："你是谁？我怎么没见过你？"

王五说："我叫王五，是经理新招的秘书。"

夫人问："你是秘书？原来的那个小妖精不干了？"

王五点了点头。

"那我就不打扰了，你们忙吧。"夫人说完扭身走了。

经理擦一把汗，紧紧握住了王五的手："好小子，你被录用了。"

娘家人

张三失业以后去找在县人事局任职的表哥李二牛。

李二牛吸着张三送来的好烟，拍着胸脯说："放心吧，你的事包在我身上。"

一周以后，表哥通知张三到县造纸厂上班。厂长很热情，张三一来就被分到了厂办公室，厂长说他刚来，对业务还很陌生，需要先熟悉熟悉。

日子过得很快，半年后的一天，厂长突然告诉张三，说他的业务已经熟悉了，该到车间里去锻炼一下。张三不想下车间，就提了几瓶好酒去找表哥，想让他找厂长通融通融，但表嫂告诉他，李二牛因为被人举报贪污受贿隔离审查了。

一个月没过完，厂长又找到了张三，说他锻炼得不错，业务很有长进，要把他提拔到厂办公室当主任。张三受宠若惊，后来一打听，原来表哥官复原职了。

张三很是感慨，他意识到表哥的仕途会直接决定着他的命运，所以他在工作之余密切关注着表哥的动向。

日子又过了几个月，张三突然听说表哥因为饮酒过度身亡了，这下他彻底绝望了，工作起来也没了劲头。张三想，与其等着厂长找他，还不如直接提出辞职。

张三磨蹭着来到厂长办公室。

厂长看到他，热情地伸出手来，说："你来了正好，我正准备要找你呢。"

张三说："厂长，我辞职吧。"

厂长说："好好的，辞什么职啊，我正准备提拔你当副厂长呢！"

张三揉了揉耳朵,怀疑自己是不是听错了。

厂长说:"原来我们是一家人,我今天早上才听说你原来是我爱人娘家表叔的大舅哥啊。"

认亲

日照、蝉鸣、大树下。

一位卖瓜的老汉正在打盹。

有两个年轻人踱着方步溜达过来。

甲:"我们一起去吃个瓜吧。"

乙摸了摸口袋:"我不渴,你自己去吧。"

甲观察了一会儿卖瓜的老汉,然后快步走过去说:"哟,这不是俺表舅吗,您老在这儿卖瓜呢?"

卖瓜老汉睁开惺忪的眼:"你是……"

"舅啊,你怎么连我都不认识了?小时候我还去你家串过亲戚哩。"甲亲热地抓着老汉的手摇晃着,"这几年我在外面做生意,经常想您,这不,正准备抽空儿去看您老人家呢,没想到今天竟然在这里碰上了……"

卖瓜老汉仿佛一下也想起了什么,他笑着拍打自己的脑门儿说:"你看我这脑子,上了年纪记性不好使了,刚才没认出你来。说着挑了一个大个儿西瓜,来,外甥,吃瓜。"

路上,乙问甲:"以前没听你说过还有一个舅舅啊。"

甲昂起头笑:"我本来就没有舅舅。"

乙诧异:"那,刚才……"

甲:"吃个不要钱的瓜,你不乐意啊?"

乙:"……"

日照,蝉鸣,大树下。

老汉抚摸着自己的瓜,笑着,喃喃自语:"我相信你是渴得受不了才撒谎的……"

卖点

张三有一部书稿，准备让一家有名的出版公司出版。

出版商问："你写的书适合哪一类人阅读？"

张三自信地说："我觉得老中青三代人都适合阅读，因为我把一个人从少年写到了老年。"

出版商摇了摇头："每本书都要有卖点，都适合的往往都不适合。你要找准定位，这样我们推出的时候才好有方向和目标。"

张三听了连连点头。

一个月后，张三拿着修改好的书稿又来见出版商。

出版商问："你书稿的内容是什么？"

张三说："这是一部描写聪明人如何处世，如何社交，如何生活和工作的百科全书。"

出版商摇头："现在流行的是糊涂哲学。小聪明乃大糊涂，你要紧跟时代，深挖这个题材。"

张三若有所思。

两个月后，他又带着书稿来敲出版商的门。

出版商看着那一摞厚厚的书稿连连摇头："书不能写得太厚，现在是快餐化时代，书太厚了读者看着会有压力，一本书拿在手里不能太重也不能太轻，这样才会挑起读者的购买欲望。"

张三恍然大悟。

三个月后，他兴奋地来见出版商。他已按照出版商的意见对书稿做了全面修改，他觉得这次无论从哪方面看都无可挑剔了。

出版商认真地翻阅着书稿，点点头又摇摇头。

张三很迷茫。

出版商说:"你还是没弄明白我的意思,你这本书写的是不错,但只适合有阅读习惯的人群来读。如果你想出名并赚到钱,就要写出个性,让那些不喜欢阅读,或者从来没买过书的人也想看这本书,这样才能产生轰动效应,一举成功。"

张三回去了,他整整思索了一年,后来张三不写书了,他改卖大白菜,大白菜的卖点他知道……

树上有只鸟

远远地,张三看到一个小伙子站在路边望天

他感到很奇怪,就问小伙子在看什么,小伙子摇摇头,什么也没说。

张三更好奇了,但他瞅了好长时间,什么都没有看到。

这时,他发现身边又多了几个人,大家都仰着脸专心地寻找着什么。

张三很纳闷,他悄悄问身边的一个人看见了什么,那人也摇了摇头。

渐渐地,人越聚越多了,几乎影响到了交通。这时,张三看到那个小伙子要走,他悄悄地跟了上去,跟到无人处,他拉住了小伙子问:"哥们,你刚才到底在看什么?"

小伙子笑着说:"我跟朋友打赌呢,说往这一站就能引来一群人,结果我赢了。"

张三听了哭笑不得,心想,打赌哪有这样打的,这不是忽悠人嘛,但又觉得很有意思,他也想试一试。

张三走着走着,停在一棵大树下,学着小伙子的样子向上张望,果然,不一会儿他的身边也围了一群人。

张三暗暗好笑,突然,他感到有一块湿湿黏黏的东西落在了鼻子上,嗅了嗅,他急忙用手揩下装进兜里,掉头就走。

身边有个人忍不住也跟了上去,跟到无人处,悄悄问张三:"哥们,你刚才装进兜里的是啥东西?"

张三哈哈大笑起来:"是鸟粪。"

那人不相信,让张三掏出来给他看看。张三把衣兜翻了个底朝天,衣服上果然有一点鸟粪的污渍。

那人还是不相信,又问:"那你刚才在看什么?"

张三终于忍不住笑了,他说:"树上有只鸟。"

那人抡起胳膊给了张三一个大嘴巴:"耽误老子上班,你也不是个好鸟!"

愣神

王奶奶又失眠了。

她翻来覆去地想一个鸡蛋。

隔壁李婶向她借了一个鸡蛋，说家里来客人了，鸡蛋不够用，第二天就还给她。

但第二天没还，第三天也没有还，现在都半个月了呀！

王奶奶也不是一个特别吝啬的人，张三家的小娃子病了，王奶奶主动送去十几个鸡蛋，那天家里来了讨饭的，王奶奶把煮好的鸡蛋硬往人手里塞。

但王奶奶总也忘不了这个鸡蛋，俗话说"好借好还，再借不难"，怎么能说话不算话呢，难道忘了？

有好几次，王奶奶遇到了李婶，但话到嘴边，就是不好意思说出来。

从此，王奶奶落下了心病，她常常看着院子里的那群鸡发呆……

有一天，李婶的儿子小毛突然来找王奶奶，说王奶奶偷他家鸡，被别人看见了。

王奶奶捶胸顿足："我哪里是偷鸡啊，我只是想拿一个鸡蛋，你娘借走我一个鸡蛋一直没还啊！"

从外面赶来的李婶刚好听到这句话，她说："哎呀，我是借你一个鸡蛋，但后来不是还你一把葱吗？"

王奶奶愣住了，愣了半天，也没有回过神来。

意外收获

公交车像一只笨大的蝗虫，载着满满一车人缓慢地蠕动着，车厢内拥挤得透不过气来。

突然，我看到身边妙龄女郎的包里有只手。这时，车身突然一趔趄，那只手一抖，"啪"的一声一个手机掉在我脚面上。

我赶紧伏下身，一边抚摩着被砸疼的脚面，一面把手机迅速捡起揣进兜里。

我知道身后有一双眼睛在盯着我，但我假装没看见，专注地欣赏窗外的风景。

车到站了。我看到妙龄女郎要下车，也跟了下去。这时，她突然惊叫起来："手机，我的手机呢？"

我知道那双眼睛还在背后，我的脊背一阵发凉，赶紧把手机掏出来，拉起女郎的手说："亲爱的，手机在这里，咱们赶快走吧。"

身后的眼睛终于消失了。

后来，那女郎成了我老婆。

这忙帮的

老同学大伟忽然给我打来电话，要我尽快到他家去一趟。我问他什么事，他沉吟了一下，说是钱的事。

大伟不但是我老同学，还是一家私营企业老板，在大家眼里他就是暴发户，但我从没有向他借过钱，我们之间也没什么钱的纠葛，他找我会有什么事呢？带着这个疑问，我敲开了大伟家的门。

大伟迎了出来，他悄悄把我拉到一边，从包里掏出两千块钱塞到我手里，说他的母亲遭遇了骗子，被人骗走了两千块钱，这两天一直闷闷不乐，饭也吃不下，觉也睡不着，谁劝都不行，眼看着老人一天天垮下去，他着急了。"你是个警察，老人信你的话，你把这两千块钱交给老人，就说骗子抓到了。"

我被大伟的孝心感动了，但我还是拒绝了他，并劝他尽快去派出所报案，我说："正因为我的身份特殊，在骗子没抓到的情况下，这忙真的不好帮。"

大伟连忙拉住了我，急得眼泪都快出来了，说："兄弟，哥知道你为难，一开始就没敢向你说实话，怕你不来，案是一定要报的，但老母亲的身体等不了啊，今天这忙你可一定要帮，我父亲去世早，是母亲把我拉扯大的，我这样做也是为了尽孝啊。"

听了大伟的话，我的眼睛湿润了，谁家都有母亲，他的心情我能理解，所以我决定帮他一回。

当我按照大伟的意思，把钱交到老人手中的时候，老人脸上的皱纹都笑开了，她紧紧拉住我的手说："太感谢你了孩子。"说完就往外走，大伟问她到哪里去，她说："我要去告诉隔壁你王阿姨，她被那伙骗子骗走了五千块呢。"

吃白食

我有两个爱吃白食的朋友，甲每次吃饭都穿着那件口袋很多的中山装，吃完付账的时候，每次都很积极地说"我来，我来"然后就开始翻口袋，等他把口袋翻完，别人早把账付完了。

乙则总是细嚼慢咽，别人慌着付款时，他的鸡腿还没有啃完。

时间久了，我有些愤愤不平，却又不好直说。于是，就想了个招，把这两个吝啬鬼一起约到了饭店。吃到一半，我接了个电话，借故有急事溜了出去，在外面偷偷地观察，等着看这两个家伙最后如何收场。

吃完后，甲照例先站了起来，他一面说着"我来，我来"一面开始慢吞吞地翻口袋。

乙则叫着"不急，不急"继续不慌不忙地啃他的鱼头。

甲把口袋翻遍了，乙还没啃完，这时，甲突然惊呼一声："呀，我忘记带钱包了。"

乙见状大惊，手一哆嗦，一根鱼刺卡进了喉管。甲借故拨打120溜了出来，打完120却没钱付电话费。无奈，我只好冲了过去。先替甲付了电话费，又替他们付了餐饮费，最后打的把乙送到了医院。

隔行如隔山

初春时节，花红柳绿，东风渠畔，游人如织。

一男子在渠边徘徊良久，忽然纵身一跳，跃入渠中。众人大惊，欲联手相救，其大喊："不要救我，我是个小偷。"

众人以为其寻死心切，岂能见死不救？几个水性好者，连拉带拽，把男子拽拉上岸。

"为什么要救我？让我去死吧。"男子挣脱众人，欲再跳。众人复又拽住，好言劝解，问其有何难言之事，大家定伸手相助。

男子方叹道："我真是个小偷，这一段时间手气太背，好几天了，连顿饭钱都没偷到，今天好不容易在公交车上偷得二十块钱和一包烟，刚下车就被几个小瘪三给抢走了，还挨了他们一顿揍，丢人啊！我真没脸活下去了。"

众人看其不像说谎，有的怒目、有的唾弃，更有甚者道："真不该救你，去死吧。"

男子并不反驳，站起身又往渠中跳去，瞬间就被渠水淹没。

众人不忍心看着一个活生生的人就这样在眼前消失，复又救起，并把已陷入昏迷的男子火速送往医院。男子醒来时，发现许多人前来看他，并带来许多衣物和吃食，感动得泪眼婆娑。

有人问他："这么年轻，做点什么不好，为何非要做贼？"

男子叹道："生来太笨，不会做其他，只有做贼！"

问其出院后去哪里，男子答："还能去哪里，公交车和火车站是老地盘，其他地方人生地不熟的，不好偷。"

有人愤恨："这么多人救你，怎还不去改行？"

男子流泪了："大哥啊，你不知道，隔行如隔山啊。"

第三辑

游子吟

游子吟

我在机场拦了一辆出租车，上车后，才发现这辆车与众不同：车窗一尘不染，车座上放着温软洁净的坐垫，坐垫上还镶着花边；脚下铺着羊毛地毯；玻璃板上镶着名画复制品。更令人意外的是，车上还放着一个水果盘，有新鲜的水果和瓜子供顾客免费享用。

坐进去，看着司机亲切的笑容，恍然给人一种回到家的感觉。

司机是个健谈的中年人，他说他是外乡人，十几年前来到本地，靠开出租在此落了户，已经好久没回过家了。

"迟早还是要回去的。"我笑说，"叶落归根嘛。"

"回不去了，"司机说，"老一辈都去世了，这一辈的，都不熟了。每次回去，心都满满的像揣了好多话，真在人家一坐……"他偏头想一想，"在路上都洒了。"

我对他的话很有感触，告诉他，我的老家除了一座四处漏风的老房子外，也没什么人了。我这次就是专程去看老房子的。"看一眼就走，房子不能住人了，但如果我路过那里不去看一眼，就感觉对不起它似的。"我说。

从后视镜里，我看到司机的眼圈泛红了，他说："是啊，人虽然走了，但心还留在那里，有时候想家了，朝那个方向望望，都能得到一种安慰，你说怪不怪？！"

我们都笑了，我知道这笑容的背后是一种游子的无奈和心酸。

"你的大部分时间都在这辆车上吧？"

"是的，"司机说，"在外面跑的人都不容易，所以我把这辆车装饰得像家一样，希望每个人都能从这里感受到一些家的温暖和味道。"他憨厚地笑着，黝黑的脸庞上露出一口洁白的牙齿。

下车的时候,我握了握他的手,除了给他一个感激和安慰的笑容,我能说什么呢。

　　家,其实永远都在,她在我们的内心深处。

第三支牙刷

  他出差回来，阿娜对他跟以前一样热情，甚至比以前还要温柔，但他总觉得哪里不对劲。屋子里充溢着一种特殊的气息，就连阿娜身上陌生的香水味都让他觉得别扭。

  他忍住不适，跟阿娜在卧室里温存了一番，然后起身去浴室，突然发现里面多了一支崭新的红色牙刷。他的头嗡的一下，家里就他跟阿娜两个人，这第三支牙刷是谁的呢？难道她趁自己不在家又勾引了别的男人？

  他认定阿娜背叛了自己，但他没有马上发作，而是独自默默坐在客厅的沙发里思考对策。

  他首先想到了房子，这座房子是他跟阿娜结婚时阿娜的娘家赠送的，根据新婚姻法，一方父母为子女买的房子，属于该子女的个人财产。如果离婚的话，他只有净身出户。他又想到了家里的存款，存折上那有限的几位数都是他辛苦挣来的，如果离婚的话，将会一人一半，他觉得有些亏，因为阿娜先背叛了他。当年阿娜不嫌弃他是个穷小子，一心一意跟了他，这才几年啊，唉，人真是太善变了。可不能太便宜了她，他想，应该尽快把那些存款转移到别处去，事不宜迟，越快越好，晚了就来不及了。

  他又回到卧室，阿娜微眯着眼睛，似乎睡着了。他知道存折放在卧室抽屉的底层，他拉开抽屉，忽然发现存折不见了，他大吃一惊，难道她已经下手了？

  他再也无法让自己平静，开始翻箱倒柜寻找，并故意弄出了很大的响声。阿娜被惊醒了，她睁开眼睛。

  "你在找什么呀？"阿娜奇怪地看着他。

"你把存折放哪里了？"他瓮声瓮气地问。

"在我包里呢，"阿娜慵懒地伸了个懒腰，"昨天我取了点钱去逛街了，买了瓶空气清新剂，还买了瓶最新出产的法国香水，哦，对了，我还给你买了个牙刷呢，你那支用得毛都刺棱了，也不知道换一个。"

开满阳光的午后

　　午后，碎金子一样的阳光透过树梢斑驳地撒在街角，那里有一对拾荒的夫妻，他们依偎着，注视着面前来来往往的车辆，热烈而幸福地唠着闲话。

　　"这城里哪儿都好，就是车太多了。"女人说。

　　"就是，"男人说，"回头咱有了钱，也买一辆，让咱儿子开回老家，带着咱兜兜风。"

　　"会有那一天吗？"女人望着男人，眼里闪出一丝光亮。

　　"会有哩，"男人肯定地点着头，"咱还不到五十岁，年轻着哩，等儿子大学毕了业，娶了媳妇，咱就回乡下，到时候你当婆婆抱孙子，我种咱家屋后那二亩地，再开个小菜园子，你就等着过好日子吧。"

　　女人咯咯地笑起来，干燥的嘴唇上裂开了几道口子，女人用手摁了摁，手指上沾了一些殷红的血丝。

　　男人拿起身边的半瓶矿泉水让女人喝，女人抿了一口，又递回男人手中。

　　两人的目光又落到那些车上。

　　"你说咱以后买个啥样的车哩？"男人问女人，"孩他娘，你先从这些车里挑一个吧。"

　　女人看着一辆辆轿车从眼前开过来，再开过去，认真地摇摇头说："这些车都太小，不实用哩，咱要买就买个大个的。"

　　"你说得对，要买就买最大的，能拉牛粪和庄稼……"说着，男人站了起来。

　　"你去哪儿？"女人拉了一下男人的裤管。

　　"那边有个瓶子，我去捡回来。"

顺着男人的手指，女人看到那些来来往往的车轮下安静地躺着一个饮料瓶子，一个瓶子能卖三分钱呢。

"他爹，你小心点。"

随着"砰"的一声响，女人的提醒被一声尖利的刹车声淹没了，瓶子不知被谁的脚踢到了路边，上面沾满了她男人的血。

王五漂流记

有个叫王五的人，他厌倦了人与人之间的欺骗、猜疑、钩心斗角、诽谤……做梦都想过一种超越凡尘，远离尘嚣的安静日子。于是，在一个晴朗的日子里，他带着盘缠偷偷离家出走了。

这天，他来到一个孤岛上。小岛虽然不大，但风景很美：高大的棕榈树在温润的海风中摇摆，白鸥鸣叫着，在平静的海面上追逐嬉戏；清凌凌的海水，撞击在礁岩上，浪花四溅，在洁净的阳光映射下，像一块块晶莹的碎玉，美丽夺目。

他决定在这里安家。不久，他建造了属于自己的房子——一个简单而稳固的小木屋。他还自己制造工具，在房前屋后开垦荒地，种上了菜和五颜六色的花朵。闲暇的时候，他就坐在门前，就着打来的鱼，酌着小酒，看蓝天碧海，过起了逍遥的神仙日子。

时间久了，他有时候会感到一些孤独，觉得喝酒的时候若有个人陪伴就好了。

半年后的一天，他看到一艘渔船在不远处行驶，就热情地招呼渔船上的人上岛，并款待了他们。他贪婪地听渔民们讲述岸上发生的各种各样的事，觉得很新鲜，很想让他们多住几日，但渔民们说还要打鱼，拒绝了他的挽留。临走的时候，他依依不舍，恨不得随他们而去。

又过了一段时日，他越发感到空寂，决定到岸上去走一遭。从岸上回来后，寂寞的时候他就回想一下那些在岸上遇到的人和事，靠回忆来填充日子。后来，他决定每个月都到岸上去看看。再后来，他嫌一个月太长，就减少到一个礼拜。

一年后，他遗弃了小岛，回家了。

钱途

这天,他刚来到街上,就发现有人在后面追,吓得他掉头就跑。心想,今天真倒霉,还没动手就被发现了。

街上人很多,但他不怕,人越多他跑得越快。他善于钻人缝,在人群里闪转腾挪是他的看家本领。不一会儿,那些人就被他甩在后面,他松了口气,想到小巷里去躲一会儿,但刚钻进去,就冒出几个人,突然指着他大喊:就是他!吓得他只好掉头回到原路。他回头看了看,身后的人还在穷追不舍。他想,今天很麻烦,看样子只能出城了。

城边的山上,坡陡崖峭,杂草丛生,随便找个地方他们也找不着。于是,他开始铆足了劲往山上跑。跑着跑着,前面有块石头挡住了他的去路。石头很大,横亘在山道中间。石头后面还有两个人正冲他咧着嘴笑。他心里一凉,山道两边都是悬崖,跳下去只能是死路一条,看来只能跃过石头从那两人中间冲过去了。万一冲不过去,大不了被他们逮住狠揍一顿,总比摔死强。想到此,他深吸一口气,大喊一声,冲着大石一跃而起。但他失败了,由于体力不支,又加上用力过猛,落地的时候没有站稳,他栽倒在地上。

旁边的人连忙冲过去,把他架了起来。这时,山上突然闪出许多人来,好多人冲他举起了相机,他浑身瘫软,干脆闭上了眼睛,心想,既已如此,爱怎么样就怎么样吧。

山下的人也追了上来,欢呼声一浪高过一浪。他感觉到有许多人的手在拼命撕扯着他,突然,那些手把他高高地举了起来。

这时,一个声音在他的头顶响起:在这次全民运动会中,他获得了第一名,奖金一万元。

回信 _

这天,一个七八岁的男孩在路上拦住一个邮差,交给他一个大信封,收信人写着三个字"上帝收"。

孩子走后,邮差很好奇,他小心翼翼地把信拆开,里面用稚嫩的笔迹写着:

上帝您好:

我的爸爸和妈妈都离开了我,有人说他们去找您了,你们见过面了吗?如果见了,您让他们快点回来好吗?我好想他们啊……

邮差的眼睛红了,他想了一个晚上,第二天,他按照信封上的地址找到了那个孩子,从邮包里取出一封信,对他说:"孩子,上帝给你回信了。"

孩子激动得快要哭了,他三下两下把信拆开,小声读起来。

孩子你好:

你的信我收到了,也见到了你的爸爸妈妈,他们只是到我这里来出一趟差,你要好好学习,等你长大的时候他们会回去看你的。

信任你的上帝

"上帝真好!"孩子说,"爸爸妈妈真的还会回来看我吗?"他问邮差。

"是的,孩子,"邮差点点头,"你应该相信上帝的话。"

"可是,如果我想他们了怎么办呢,我可以去上帝那儿看他们吗?"

邮差思考了一下说:"不能,孩子,上帝太忙了,但是他每个月都会给你回信的。"

邮差说完就走了,他怕即将夺眶而出的泪水会把他出卖。

后来,邮差经常来看望小男孩,顺便把"上帝"的回信送给他。他们成了朋友。

末世的呼唤_

行星明天就要撞地球了,今天是世界末日。

她一大早起来,穿上最美的衣服,把自己打扮得漂漂亮亮的,不慌不忙地走出了家门。

出门的时候她遇到了邻居夫妻。邻居说今天是最后一天,他们要把存在银行里的钱全部都取出来,美美地去吃一顿大餐。

出门不远,她又遇到了亲戚,亲戚开着农用三轮从郊区赶来,他们说把家里准备过年的腊肉全煮了,要请她过去一起享用。

她摇了摇头,拒绝了亲戚的好意,继续往前走。

走着走着,有一队人挡住了她的去路,在这些人里,她发现了朋友甲和他的女朋友。原来这是民政局,排队的人都是过来领结婚证的,朋友甲要赶在最后一天跟他的女友把婚结了。

不远处还有一排长长的队伍,在那排队伍里,她又看到了朋友乙,乙一直跟老公不和,他们要在最后一天里把婚离掉。

她告别了他们,往远处走去。

突然,有一个人拦住了她,这个人向她张开了臂膀,深情地说:"亲爱的,我爱你,我弄到了两张诺亚方舟的船票,你快跟我走吧,我们去过平安幸福的日子。"

她拼命挣脱了他的怀抱,向远处跑去,他在后面急得大喊:"时间快来不及了,你还跑什么呀?"

她已经泪流满面,一边跑一边回头说:"那个人我暗恋了他十年,今天我要去告诉他——我爱他!"

尘埃

一个人厌倦了做人。这天，他的灵魂来到上帝面前诉求："上帝啊，我不想再做人了，人与人之间有钩心斗角、诽谤，还有夭折、瘟疫……"

上帝问："那你想做什么呢？"

他说："我想做一个没有烦恼、没有疾病，能长生不老……"

还没等他把话说完，上帝指着脚下的一块大石说："它比较符合你的愿望，赐你做一块青石吧。"

"不行啊，上帝，"他连忙摇头，"石头终日盘踞在一处，不能四处走动，也不能说话，多没意思啊。"

上帝想了想说："那你做一只小鸟吧。"

他又摇了摇头："小鸟虽然能在天上飞，地下跑，但它要终日觅食，天天飞来飞去就为了一只虫子……"

上帝又介绍了几样，但都被他一一拒绝了。

上帝想了想，最后说："要不你做我的侍童吧，可以长生不老，也不用为生计发愁。"

他还是摇头："我的上帝啊，那样就要终日守护在您的左右，还要听从您的吩咐，那多不自由啊。"

上帝哼了一声，把手一挥："那你飘着吧。"

他飘飘荡荡来到半空中，化成了一粒尘埃。

飘扬的红纱巾

一条大河隔开了两岸,她常常坐在河边朝对岸凝望。

对岸,白云飘飘,杨柳依依,白色的水鸟嬉戏着飞来飞去,水面碧波荡漾,宛若仙境。

可是这边呢,除了几户人家和几只在水里游来游去的野鸭子外,什么都没有。什么时候能到对岸生活就好了,她不止一次地想。

有一天,她忽然发现对岸多了一所小房子,有个人一袭长衫,衣袂飘飘,经常端坐岸边,手执长笛与她对望。

她的心飞起来了,想象也展开了翅膀,虽然她听不清对方吹奏的是什么曲子,但她的心已经飞到了对岸。

这天,她实在忍受不了诱惑,就在她坐过的地方栽下一棵树,在树杈上系了一条红纱巾,离开了她生长的地方。

她沿着岸边走啊走,终于发现一座桥,这座桥顺利地把她带到了朝思暮想的对岸。

踏到对岸的土地上,她惊诧不已。

这里树木稀疏,花叶飘零,许多垃圾在水面上漂浮着,散发出异样的气味。几只野鸭嘎嘎叫着飞过来,点了一下水,又失望地飞走了。

怎么会这样呢?她想,一定走错了地方。

于是,她继续往前走。

终于,她看到了一间窝棚一样的房子趴在岸边。

她悄悄放慢脚步,生怕自己的冒失惊扰了房子里的人。

突然,窝棚里钻出一个人来,她看到了他手里的长笛和凌乱的长衫,拔腿就往回跑。

风声,喊声,脚步声……

她猛地站住,气急败坏:"叫花子,你要再追,我就跟你拼了!"

对岸,白云飘飘,一条红纱巾正在风中飘扬……

孩子别哭

公交靠站后，上来一对母子。小男孩大约有七八岁，背着一个与他身体不太相称的大书包。他们找到了一个空座，妈妈让孩子坐了下来，她靠在座椅的旁边站着。

又到了一站，上来一个六七十来岁的老伯，车上已经没有座位了，连过道里站的都是人。老伯被挤到男孩身边时，男孩看了看妈妈，妈妈眼睛里流露的是鼓励的微笑，男孩站了起来。

老伯坐下后，众人向孩子投去了赞许的目光。男孩依偎在妈妈身边，腼腆地牵着妈妈的衣角。看得出，他很快乐，也有一份因被人关注而产生的羞怯。

公交车像一只吃饱了的昆虫，拖着笨重的躯体继续前行。

过了一会儿，男孩有些不对劲，他好像有了什么心事，一会儿看看妈妈，一会儿又看看老伯，一副委屈的样子。妈妈注意到了，摸了摸他的头说："别急，一会儿就到家了。"

男孩紧紧贴着妈妈站着，依然一副很委屈的样子。

车又到站了，他们该下车了。小男孩却站着不动。

"妈妈，"小男孩看看妈妈，又看看座位上的老人，眼里闪烁着泪花，"妈妈，爷爷还没对我说谢谢呢。"

秋菊失踪了

一日,某晚报在显著位置用半版的页面刊登了一则寻人启事:秋菊,女,年龄二十,于几天前突然失踪,至今未归,有知其下落者付赏金两万元。

启事的上面配有秋菊的几张艺术照,照片的旁边还有一行小字:亲爱的菊,没有你,我就像没有空气一样无法生存,你快回来吧。

就在人们对此事纷纷议论的时候,第二天,晚报依然用了半个版面刊登了这则启事,同时,赏金也涨到了五万元。

有人说,这个秋菊肯定是千金小姐;也有人说,这个刊登启事的肯定是富二代;还有人说,这可能是个商业行为,为了吸引人们的眼球,不定还会搞出什么名堂。

第三天,启事依然存在,不同的是,照片旁边多了几个大字:亲爱的菊,你再不回来,我就去自杀!赏金也同时涨到了十万。

小城的人都沸腾了。

晚上下班,妻子正在收看一档选秀节目。她突然指着电视里走出来的一个美女大喊:"秋菊!快来看啊,那不是秋菊吗?"我一看,千真万确,真的是寻人启事上的秋菊。

我激动坏了,现场舞台下黑压压的观众更加疯狂,还没等秋菊开口,尖叫声和口号声已经响成一片。

第四天,寻人启事不见了,取而代之的是一则娱乐消息:超人气美女秋菊获得总冠军。

心债

107 国道有一个站点，过往的客车经过那里时都会停靠一会儿，所以在那里截车的人比较多，不但省时，还可以节省一些车费。

那年，我急着回家，一大早就去候车。记得那天的天气不太好，天上还飘着雪花，冷风刺骨，而我要等的车却迟迟未到。正急躁时，一个老年乞丐把手伸到了我面前。我装着没看见，挪了个地方，但乞丐伸出的手并没有退缩，他执着地跟在我身后。我瞪他一眼，但他并没有被我厌恶的眼神吓倒，手依然越伸越长。

拗不过，我只好从包里掏出一枚硬币扔到他手里，这时，车也到了，我摆手示意，不等车停稳就跳了上去，可不到两分钟我就被赶了下来，春运期间车票涨价了，我的车费还差十块钱，就在我犹豫彷徨的时候，戏剧性的一幕发生了。

那个乞丐从口袋里掏出一些零钱，哆嗦着手数了半天，塞到我手里说："拿着吧，孩子，你回家过年要紧。"我觉得脸在发烧，推脱着无论如何不肯收，他又说："拿着吧，就当我借给你的好了，过完年我们遇见了你再还我。"

就在我犹豫时，又一辆车过来了，我来不及多想，只好接过钱，迅速上了车。

过完年，我的第一件事就是寻找这位老人。我经常在这座城市的大街小巷里穿梭，遇到乞讨的人就与他们套近乎攀谈；我还经常在那个站点守候，并把老人的样子告诉给许多亲朋好友，让他们帮我留意。然而，几年过去了，我再也没有遇见过他。

我不知这笔债何时才能还掉，我的寻找还在继续……

活着

等车的时候,我看到一位衣衫褴褛的老人坐在路阶上读书,旁边放着一条装满废品的蛇皮袋。他读书的样子虔诚而投入,眼前来来往往的行人和汽车的鸣笛声都很难惊扰到他。

我被他读书的样子吸引了,轻轻走过去,看到他捧着的那本小书已经泛黄,依稀可以看出这本书的名字——《活着》,作者是余华。

等老人的目光从书本上移开的时候,我用一个微笑向他表示了我的敬意。他脸上顿时露出谦卑的笑容,朝我晃晃手中的书说:"这可是本好书,我读过多遍,它改变了我的命运。"

"改变什么命运?难道是它让你拣起了废品?"这句话问得有些唐突,但老人并没有生气。

他看着我,笑了笑说:"我也曾有过一大家子人家,跟书中的主人公一样衣食无忧,后来家里生了变故,亲人们一个个都离开了我,现在只剩下我一个孤老头子了。"老人的语气淡淡的,当眼神又落到那本书上的时候,语气里多了几分自豪,"是这本书让我明白,这个世界上还有跟我一样的人,每个人都有自己的活法,最重要的是不论经历什么,都要活下去……"

车来了,我不得不中断了与老人的对话,去开始我的人生旅程。

"最重要的是不论经历什么,都要活下去……"车渐行渐远,老人的身影已经模糊,但他的话却在我的耳边久久回荡,越来越清晰。

绿萝

"小兄弟,我有点晕车,咱们调换下座位好吗?"罗莉受不了长途跋涉的苦,想跟坐在车窗边的男孩换一下位置。

男孩年龄不大,看起来像个初中生。他看一眼罗莉,又低头看看抱在怀里的一盆绿萝,轻轻摇了摇头。

过了一会儿,罗莉的头越来越晕,胃里也翻江倒海,她禁不住再一次乞求男孩:"小兄弟,麻烦你把车窗打开好吗?"

男孩显然有些不安,他犹豫了一下,依然倔强地摇摇头。

罗莉有些生气,心想,一看就是乡下来的,真没素质。她手忙脚乱地从挎包里找出一个塑料袋捂在嘴上,以防自己吐到车里。

火车鸣笛了,临近一个小站,速度也减了下来。罗莉吐过以后,感觉轻松多了,她把头埋在臂弯里,喘息着闭上了眼睛。

昏昏欲睡中,她感到有人在轻轻碰触她的胳膊。

"大姐,求您一件事好吗?"

罗莉感觉出是旁边的男孩在喊她,但她没有动,也没有说话,心想,你也有求人的时候……

"我们换位子也行,但你可以替我抱着这盆花吗?"男孩的声音再一次清晰地钻进罗莉的耳里,"对不起,大姐,我妈也晕车……我不敢开窗是因为妈妈怕风……"

"你妈妈?她在哪里?"罗莉吃惊地朝四周张望。

男孩垂下头,眼睛瞅着花盆小声说:"我妈,我妈在这个花盆里……"

罗莉瞪大眼睛,她开始怀疑眼前这孩子是不是有什么毛病。

"我妈去世的时候让我把她的骨灰撒到花盆里,这样无论我走到哪里她都可以陪着我了。"

　　罗莉惊诧地望着眼前一汪蓬勃的绿色，听到了来自心底的一声叹息，而后，一种温暖的情愫渐渐蔓延开来。

赵老六进城

赵老六对了对门牌号，没错，就是这个小区。他看看围墙上的铁丝网，这哪像小区呀，分明是监狱，还有那看门的保安，穿着军服，扎着皮带，脊背挺得笔直，瞧着怪吓人的。

赵老六不敢进，就在门口给儿子打电话，儿子说："爹，你在门口等着别动，我去接你。"

儿子在前面走，赵老六在后面紧跟。进门时，保安"唰"一下敬了个礼，儿子好像没看见，赵老六却吓得一激灵，赶紧扬起胳膊还了一个礼。

儿子看见了，拉他一把，走了几步，悄悄告诉他，说这是高档小区，保安给业主打敬礼是对业主的尊敬，业主不必还。还了会让人笑话的。

赵老六记住了儿子的话，可每次从门口经过时依然觉得别扭。还礼吧，不像话，不还吧，心里总觉得虚飘飘的。于是，他只好尽量减少出门的次数，偶尔非出门不可，也尾随在其他人后面。

赵老六心里有了负担，没住几天，就提出要回家，给儿子说这里的楼房太高，看着眼晕，楼梯太陡，爬着费劲。儿子说可以坐电梯呀，赵老六便说，电梯里太闷，还是家里的空气新鲜。

赵老六要走了，儿子送他。

儿子在前面走，赵老六远远地跟在后面。他想，我要走了，这是最后一次机会，一定要单独地、好好地享受一回敬礼的滋味。

赵老六把头扬得高高的，老远就望着保安乐呵呵地笑。可是，当他走近时，刚好一辆车从外面进来，保安只忙着指挥车子，没顾上敬礼。儿子已经走很远了，赵老六还在后面磨蹭，他想喊住儿子慢点走，从门里再过一趟。

张三得了抑郁症

　　张三没有想到,平时结实得像头牛的他会突然得了癌症,更没有想到,得了癌症后他的抑郁症竟然好了。

　　张三一直租住在郊区的一间民房里,眼看着周围熟悉的人一个个都搬进了新居,他吃不下饭,睡不好觉,看到新的楼盘开张就唉声叹气。渐渐地,他得了抑郁症。

　　自从检查出自己得了绝症后,张三不为工作的事忧虑了,也不再为买房子的事着急,他想,每个人最终都会离开这个世界,既然活着这么痛苦,早点离开也许是一件好事。他只有一个心愿,死了以后能有一个舒适的居所。

　　张三到许多墓地打探,得知墓地的价格比楼盘还要昂贵。张三绝望了。他在附近的山上转悠了两天,终于发现一处静寂的山坳。这里四面环山,环境优美,是一处理想的栖息之所。

　　张三很激动,他决定把自己安放到这里。

　　以后的日子,张三开始忙着"装修"。他悄悄地往那个山坳里移栽了几棵松树,又种下一些花草,甚至还铺了一条鹅卵石的小路,他还给这里取了一个诗意的名字——我的天堂。

　　张三没了"后顾之忧",精神一下好多了,想吃就吃,想睡就睡。他非常平静而又洋洋得意地等待着"死"去的那一天。

　　一年后,张三还活着,他隐约地有些不安,一个人去医院询问。医生又给他重新做了一遍检查,结果出来了——癌细胞消失。

　　张三蔫了。怎么会这样呢?他失落得喃喃自语,我的天堂啊,我都已经等了这么久……他开始一趟趟往山里跑,一待就是老半天。

　　张三的抑郁症又犯了。

第四辑

我们不要怀念她

我们不要怀念她

地点：八宝山公墓。

时间：冬。

漫天的雪花飘飘洒洒，天地陷入一片混沌之中。

一老一少在雪地里行走着，身后落下了一串长长的或深或浅的脚印。

"爷爷，您今天为什么要带我到这里来呢？难道这里有我们的亲人吗？"

"是啊，这里的每一位都应该是我们的亲人！"

"可是，我奶奶为什么不在这里啊？您不是说她很早就牺牲了吗？"

"是啊！"老人的目光刚毅而凝重。这是一张饱经沧桑的老人的脸，那些刀刻般的皱纹里仿佛隐藏着许多离奇的故事，而此时，这张脸忽然有些抽搐，"她……她是在国外就义的！"

"那，她的骨灰就不能带回来吗？"

老人长叹了一口气说："那种条件下，去哪里找骨灰啊！"

孙子不再说话了，他若有所思地望向远处。

雪依然在下，一片一片，模糊了山，也模糊了眼睛。

老人的手里攥着新到的电报，电报上说她还活着，想回来看看，但要征求一下他的意见。

她曾经是他的最爱，但那年她被捕以后就叛变了，害死了他多少无辜的兄弟，一年后，她移居到了国外，做了别人的老婆。

今天，老人是来这里看兄弟来了。

他用雪把墓碑上的灰尘清洗干净，然后轻轻地抚摸着碑上的字，眼里含着泪,嘴里喃喃自语。

末了,老人把手里的电报一点一点撕碎,撒在墓地的雪里。然后,他拉起孙子的手说:"孩子,咱们回家!"

一封三十年前的情书

她给老公掖了掖被角,手指又一次触到了那封情书。

淡淡的阳光从窗口穿过来,在被子上铺下一道道暖暖的鹅黄。老公依然在昏睡,自从出了那场车祸后,他已经昏迷一个多月了。

她望着老公安详的面庞,耳边响起了医生的话"你要做好思想准备,他将来有可能会变成植物人……"

她把那封情书抓在手里,仿佛抓住了二十几年前的一段时光。

"亲爱的……"她又开始读了。

她每天都在读这封情书,并细心地观察着老公的反应,她想用那些时光把昏迷的老公唤醒。

今天,她看到老公的嘴角露出了一丝不易觉察的微笑,她得到了鼓舞,更加坚定地读了下去。

"……虽然我离开了你,可我的心无时无刻不在思念。你还记得我们小时候吗?春天里,我们一起去挖野菜;夏天一起去河里捉鱼;秋天的时候,你领着我去山上摘野果子吃;还有那个令人难忘的冬天,你还记得吗?我们在小河边堆了个雪人,你给它用麻绳编了个长长的辫子,还戴上了小红帽,你说那个雪人就是我……第二天,太阳出来了,我担心它会化掉,就一个人偷偷跑去,把我的红棉袄给它穿上了,过几天我又去看的时候,它还是不见了,我的棉衣也丢了……"

老公的手指动了一下,她看到了,仿佛看到了一个希望,赶紧放下正在读的书信,把那个会动的手指紧紧攥在手里,亲了又亲。她凝望着这根手指,希望他能够再动一下,等了一会儿,她失望了,脸上泛起一丝苦笑,叹一口气,又捧起那页信纸,接着读下去。

"后来，我们长大了，你给我买了一件红棉袄。你说，雪人就在你的心里，是永远不会消失的……这件红棉袄我舍不得穿，把它放在衣柜里，每到冬天我就拿出来抚摸一会儿，一看到它我就想起了你……"她大声地读着，眼泪不知不觉地在脸上流成了两道小溪，说不出是感动还是忧伤。

只有她知道，她每天读的这封情书不是她写的。

老公出事以后，她打开了那个被老公锁了三十多年的箱子，这封信就是在那里发现的。

她不知道这样做对不对，写这封情书的是老公青梅竹马的初恋情人。

茶 伴

静每天中午都要到附近的茶吧小坐一会儿。

有一天,一位男子坐在了她的对面,用征询的目光望着她。

"可以和你聊聊吗?"男子问。

静笑笑,点点头:"随便。"

"品茶就像品女人。"男子抿了一口茶说,"女人如花,完美于表;女人似水,安静于心。"

静只好再笑,这话像诗,她是个土人,实在不知该如何回答。

"人生有时候就如同一杯茶,不会苦一辈子,但总会苦一阵子。"男子有点像自言自语。

静笑不出了,她从这句话里品出了一种味儿,这种味儿让她心酸。

"你那茶很苦吗?"静问了这句话后有点后悔,人家说的是人生,她怎么就问起茶来了呢?

"初喝时有点苦,细品的时候就能觉出甜来。"男子把目光从窗外收回,"我的女友也跟你一样爱喝茶。"

"哦,那她怎么没跟你一起来呢?"

"她……死了。"

男子轻轻地说,声音不大,也很平静,仿佛他的女友不是去死,而是去串门了。

静尴尬地愣在那里。她想说声对不起,但又觉得有些多余。

男子沉默了一会儿,又陷入对往事的追忆里。

"那天,我怎么就一个人来这喝茶了呢?她跟我打电话说身体不舒服的时候,我还以为是小毛病,还说让她自己去看医生,没想到她会永远离开我,要知道那样,我无论走到哪里都会带着她……"

"看得出你很爱你的女友。"静说。

男子叹了一口气:"唉,有一种人说不出哪里好,但就是谁都代替不了啊!"

走出茶吧的门,静想,以后来这里的时候一定拉上老公,她要亲手给他泡一杯浓浓的香茶。

蜕变

第一次采访他的时候,他身上挂满了军功章。

那天,他坐在窗边,阳光把他的身体镀成了金黄色。他平静地讲述着他的故事,仿佛一切都刚刚发生。

"那一天的战斗很激烈,我率领的一个团只剩下9个人,如果继续下去,我们肯定会全军覆没。奶奶的,可不能把命都白白地送给小日本,于是我下命令让其他人偷偷撤退,为了掩护他们,我把枪扔掉举着手走了出去……龟孙子们想从我口里得到情报,没门!他们用铁链子抽我,用炭火烤我,把能用的招数都使上了,我就是不说,最后他们急了,在我的脚底板上钉了两个钉子……"

说着,他脱掉鞋子让我看,有两块铜钱大小的疤痕依然清晰地印在他的脚心里。我问他还疼不疼,他说:"平时还好,一遇到阴天下雨的时候就会钻心的疼。"

他说,他没想到还能活着出来,后来敌人被我们的部队包围的时候,他还用刺刀捅死了两个日本鬼子。

出来以后,他成了英雄。

多年以后,我第二次采访了他,地点却在一座阴暗的牢房里。

我们面对面坐着,一阵难挨的沉默后,他看着我摇摇头,眼神空洞而茫然,他说:"人活着不能太贪心,尤其是钱和女人,可惜我明白得太晚了,多么骇人听闻的酷刑我都能抗过去,却经不起和平年代里的诱惑,欲望害死人啊……"

我能说什么呢。

离开的时候,我发现天气阴沉沉的,没有一丝阳光。我叹了口气,心想,现在疼痛的应该不仅仅是他的脚心吧。

买车

　　这是个少有的好天气,王老汉把钱往怀里掖了掖,出门的时候还哼起了小曲。

　　这几年,农民富了,腰包鼓了,村村都通上了柏油路,路上跑的车也一辆比一辆高级。王老汉与时俱进,他想给自己买辆老爷车,赶集上店的,油门一踩就能到,逍遥着呢。

　　来看车的人还真多,王老汉把持了半天,终于相中了一辆。这时一个小伙子过来搭讪,说他可以帮王老汉参谋一下。王老汉一看,来人不认识,他心里就有些警惕。现在的骗子很多,不能不提防。

　　王老汉选中一辆,想赶快提车走人。

　　小伙子问:"您不试一下吗?"

　　王老汉点点头,不试了。

　　小伙子似乎有点失望,跟着去了付款台。

　　王老汉越发紧张,谁知越紧张越不顺,付款的时候被告知他带的钱不够,老爷车涨价了,还差二百。王老汉正要离去,小伙子递过来两张钞票,说:"我先给你垫上吧,回头你再来还我就行了。"

　　小伙子说完就走了,等王老汉反应过来的时候,已经不见了人影。

　　王老汉心里还在寻思,这难道是一招新的骗术?

　　王老汉越想心里越不踏实。把车开回家后,第二天一早,他就来寻那个小伙子,得赶快把钱还给人家,免得夜长梦多。

　　王老汉等了一天,也没见到人。第二天,他又去了,还是没等到。一个星期过去了,王老汉依然没把钱还出去。

　　这件事成了王老汉的心病,他寝食不安,觉得这钱就是一个炮弹,说不定哪天就会爆炸。

一个月后,他收到一封信,信里只有一句话。

"大叔,您不要再找我了,那是您自己的钱,我曾经是一个小偷……"

王老汉怔住了,半晌,他长长地舒了一口气,自言自语地说:"这孩子,将来会有出息的。"

女人和井

　　二黑脸黑，家里又穷，三十岁上才娶了个媳妇。

　　媳妇是山那边的一个孤儿，叫翠儿。她遇到二黑的时候，脸色菜黄，人瘦得像干柴棍。二黑说，嫁给我吧，我让你过好日子，享清福。于是，翠儿便成了二黑的媳妇，有了好东西二黑自己舍不得吃，都给翠儿留着，还可着劲儿地给翠儿买好衣服穿。

　　不久，翠儿像换了一个人，脸蛋白里透红了，话也多了，动不动就咯咯地笑。

　　翠儿说头疼，二黑就赶快给她按摩，揉太阳穴。

　　翠儿说想吃煎饼，二黑就去集镇上买油摊煎饼果子。

　　翠儿说想吃饺子，要荠菜馅的。二黑就嘿嘿笑着，满地里去寻荠菜，然后打肉、剁馅、和面，包得圆实实的，像一个个大元宝。

　　翠儿吃了满满两大碗，说，恩，真香。

　　二黑带着翠儿进城，翠儿看着满街的琳琅满目，满眼里都是羡慕。翠儿说，城里真好，咱别回家了吧。二黑说，那哪行呢，咱家在山沟里呢。翠儿就噘起了小嘴，一脸的失落。二黑说，咱走吧，回家还要干活呢。

　　翠儿回到家就不爱笑了，话也不大说了。二黑摊好了煎饼端上来，翠儿说，不香。

　　二黑包好了荠菜馅的饺子，翠儿说，没味。

　　翠儿说，我头疼。

　　二黑赶快给她按摩，揉太阳穴，揉着揉着，翠儿的眼泪下来了，她说心窝窝疼。

　　二黑慌了神，一边说着"别怕、别怕"，一边摸着黑去邻村找郎中。

因为他心里只想着翠儿，没注意脚下的路，咕咚一声掉进路边的一口井里，被人发现的时候已经咽了气。

后来，有人看到翠儿在城里讨饭，她脸色菜黄，人瘦得像干柴棍……

一张老相片

二十年前，由于工作原因，我经常到一个小山村里去拍些风景照。

因为地处偏僻，这里的自然风景保护得非常好，民风也很淳朴。村头有一条小河，河水很清澈。

在我拍照的时候，经常遇到一位穿红衣的姑娘在那里洗衣服，她身上的红衣跟周围的绿色相配是一幅绝佳的风景。我偷偷拍了不少照片，但一直没敢告诉她，后来实在过意不去，临走时就把洗出的照片选出一张送给了她，没想到她不但没生气，反而羞涩地笑了。

二十年后，我在小镇上开了家影楼，为了招徕生意，经常把拍摄过的一些经典相片挂到室外。

一天，一位十七八岁的女孩从这里路过，她看到镜框里的一幅相片时，脸上显出了惊喜的表情。

"这是你拍的吗？"她问。

我点点头。

女孩又一次凝望这张照片：一条静静的小河，几棵羞答答的垂柳，垂柳下有个身穿红衣的姑娘在洗衣服。由于年代久远，相片已经泛黄。

"我可以把它买下吗？"女孩说。

"当然可以，不过，"我迟疑着，"您能告诉我，这张相片对您来说有什么用吗？"

女孩指着相片说："这条小河后面是我的村庄，那个洗衣的姑娘是我母亲。"说完，她看着我笑了笑，"你知道吗，她喜欢你。"

看我有点发愣，女孩又说："我母亲等了你好多年，但你一直没有再去，后来她才跟我爸结了婚……爸爸去世以后，她就把你送她的那张相片放大挂在了我家客厅里……"

女孩断断续续地说着,一些久远的画面又回到了我的记忆中。我一把握住女孩的手说:"孩子,带我去见你母亲,我还有她一些别的照片,我想作为礼物亲自送给她……"

一封没有寄出的信

夜深了。

一位满头银发的老人端坐在窗前写信。

"亲爱的花花",老人写下这几字后,又仔细地端详了一会儿,直到脸上露出满意的笑容,才开始继续往下写。

"我很想你,天天都想给你写信,以前寄出的,都被退了回来。现在好了,听说两岸可以探亲了,这个消息真让人激动啊,我盼了几十年,终于可以回家了……"

写到这里,老人停下了笔,他仿佛在努力回忆着什么,脸上洋溢着孩子般的笑容。

"我不但想你,还想咱的老娘,如果她现在还活着,应该有一百多岁了吧……娘的眼睛不好,干不了重活,我一走,生活的重担就全压在你肩上了。花花,你怪过我吗?你一定很生气吧,可是,我也没有法子啊。那天,你让我去集上卖你和娘辛苦纺的丝线,我走到半路就被抓了,说要去前线打仗,后来,就到了这里……我可是九死一生啊,花花,别人都说我命大,一定是你在保佑着我。我知道我不能死,花花,因为你还在家里等我,等我回去过日子。这么多年,也有不少人劝我找个伴,我都拒绝了,我怎么能再找呢,我有老婆,我的老婆很漂亮,我的老婆是花花……"

老人的手忽然剧烈地颤抖起来,手中的笔掉了很多次,他只得一次又一次重新捡起。

夜,更浓了。

"花花,你该睡了吧,我有点困了,脑子也有点迷糊,你先睡吧,我也去睡了……"

笔再次从老人的手中滑落,他没有去捡,而是趴在桌子上睡着了。

第二天,当太阳把第一丝光线投到这间小屋的时候,屋里的灯还亮着,老人却没有再醒来……

同心锁

她是他的初恋情人。

结婚前夕,他们相约来到黄山,在天都峰的顶端悬挂了一串同心锁,锁环又大又沉,紧紧相扣,挂锁的人亲密无间,相依相偎。

回去的路上,她的脚肿了,他背着她一步步挪下了山。冬天的山凹,寒气逼人,在一间简陋的小旅馆里,他将她冰凉的双脚搂在胸口,整整暖了一夜。

……

三年后,两人又来到黄山,找到属于他们的那把同心锁,各自掏出了钥匙。

三年的时光早已磨灭了爱的火焰,两人在无数次的争吵后都疲惫了,今天,他们是来开锁的,然后回去离婚。

两人都把钥匙插进了锁眼里,可无论怎么拧都打不开。

他首先放弃了,看了她一眼,说:"走吧。"

她站着发呆,不动。

他夺下她手里的钥匙,连同自己那把一同扔进了山谷。

她愣愣地看他。

"这是老天的意思,不让我们分开。"说着,他蹲下身去,依然将她背在身上。

天都峰长达千级的石梯上,留下了他们蹒跚的身影。

她伏在他宽厚的肩膀上,泪如雨下。幸亏那锁没有打开,她想。

她不知道,来的时候,他已经把钥匙偷偷调换了。

致命的爱

母亲为了把儿子培养成才,想了很多办法,先是把他送进了绘画班,又请来名师教他练钢琴,抽空又带着他去学习象棋。

儿子很聪明,也很争气,学什么会什么。母亲很欣慰,也很骄傲。

儿子一天天长大了,该去找工作了。母亲说,宝贝,你去学学游泳吧。她说,现在地震这么频繁,如果哪一天海啸了,你可以有逃生的机会。

儿子学会了游泳,母亲又说,宝贝,你再去学学开车吧。她的理由是,好男儿志在四方,会开车才能走遍天下。

儿子谨记母亲的话,把该学的都学会了。

母亲看着儿子一天天长大,眼里除了欣喜还有一丝忧虑。

儿子踌躇满志,他想当个画家。母亲阻拦了,她说,画画太费眼睛,你去弹琴吧。

儿子按照母亲的话去做了。有一天,母亲看到儿子手指上缠了一层厚厚的绷带,心疼极了,她说,弹琴太辛苦了,你还是去下棋吧。可当母亲看到儿子为研究一个棋局两天两夜没有合眼时,又心疼得掉下泪来,她说,不行,做这个太费脑子了。

后来,儿子决定去当游泳教练,母亲摇头,水火无情,淹死的都是会水的;儿子只好去当司机,母亲又拦住了,她说,车祸猛如虎,保不准哪一天就会出事。

儿子急了,问母亲到底想让他做什么。母亲想了想,说,你是妈的宝贝,妈不能没有你啊,你什么都不要做了,就在我身边,我要天天看着你才放心……

儿子孝顺,母亲的话他从不违抗。

后来，母亲的年纪一天天大了，儿子因为没有工作，生活日渐拮据，后来不得不出去讨饭来养活母亲和他自己。

　　儿子出门那一天，母亲拄着拐杖蹒跚着追了出来，宝贝，路上有狗，让我跟你一起去吧。

遗嘱

一位老太太独居在海边的一幢别墅里,她没有儿女,没有亲人,甚至连一个朋友也没有。

有一天下楼的时候,老太太不慎摔了一跤,她感觉属于自己的时日不多了,就约了一个律师,告诉他她要立一份遗嘱。

"我只有两条要求。"老太太说。

律师开始认真记录。

"第一,我要火葬。"律师点点头,"第二呢?"

"第二,我想把骨灰撒到海湾里,"老太太指着前面那个长着一棵棕榈树的地方,"就是那里。"

"您为什么单单选择了那里呢?"律师好奇地问。

"因为,"老太太突然有些害羞起来,"那个我暗恋了一辈子的人每天都去那儿钓鱼。"

理 想

　　"人活着不能没有理想。"他呷了一口茶,目光中透着深邃和宁静。

　　"我最初的理想是开一个书店,这样就可以免费看许多书。后来,我的理想是当一名记者,做一个替天行道的侠士;一九八五年后,我又想做一个周游世界的旅行家,把一路上的所见所闻记录下来,然后出一本书;再后来我的理想是在森林中造个小木屋,种田狩猎以野果为生……"

　　我静静地坐着,听他侃侃而谈。稠密的森林的枝叶在我们头顶编织了一个硕大的网,金色的阳光从网的缝隙里漏下来,像一朵一朵的花儿撒在我们之间的木墩上,木墩上放着一本新出版的书和一杯正在呼呼冒着热气的清茶。

　　"你真幸运,"我羡慕地说,"你的理想全部都实现了,现在你每天都做些什么呢?"

　　"现在我的主要工作是回味这些理想。"他淡淡地说。

樱 桃

　　阿贵的媳妇叫樱桃，是村里有名的俏媳妇，那眼那眉那身段，像从画上走出来的，打街上一过，香气能飘满一条街。

　　阿贵没事的时候就喜欢盯着媳妇看，越看心里越美，越看心里越不放心。

　　"阿贵啊，媳妇俊了容易招风，你可得看紧喽！"想起隔壁王婆叮嘱他的话，他心里更不是滋味了，常常胡思乱想，渐渐地便落下了心病，食寝不安，身体竟一天天消瘦下来。

　　樱桃换着花样给他做饭。阿贵尝了，不是说咸就是说淡，稍不如意，用手一扒拉，饭菜便撒了一地，碗也摔得粉碎。樱桃的泪像断线的珠子一样往下掉。

　　这天，阿贵对樱桃说："我要出趟远门。"

　　樱桃没敢多问，只红着眼圈帮他收拾行李，走的时候送他到村口，阿贵说："我走了，你回吧。"

　　樱桃不说话，也不离开，只把阿贵的身影盯成一个小黑点才回家。

　　天说黑就黑了。

　　半夜，有人敲门。

　　樱桃问："谁？"

　　外面答："我。"

　　樱桃听声音像阿贵，急忙开门，一个陌生的人影朝她扑来，原来是街头的大麻子。他不顾樱桃的苦苦哀求，把她按倒在床上，开始拼命撕扯她的衣服。

　　这时，一个黑影冲进来，举起一块砖头朝大麻子头上砸去……

　　大麻子哀号一声："阿贵，你真不够意思，是你让我来试试你媳妇对你忠不忠,为什么还打我?"

阿贵扬起的砖又徐徐放下了。

"滚!"

大麻子跑了。屋内,樱桃的眼泪无声地流了一脸。

第二天,当睡得像死猪一样的阿贵从梦中醒来时,发现樱桃不见了。

樱桃回了娘家,再也没有回来。

初恋一点都不美

朋友聚会，为了活跃气氛，大家提议每人讲一下自己的初恋故事。都是成年人了，不再有人害羞和扭捏，讲起恋爱时那些或甜蜜或苦涩或酸不溜溜的经历来一个个滔滔不绝。

崔红是最后一个发言的，她说："初恋一点都不美，有什么好讲的，我的跟你们都不一样。"接着她讲开了。

"是我先看上他的，也说不出他哪里好，就是感觉很喜欢，想跟他在一起。我就写了个纸条让同桌捎给他，没想到他对我也有点意思，于是我们开始给对方写情书、约会，后来还计划着要私奔。真的，我们花了很长时间去研究这个事，去哪里、带什么东西、穿什么样的衣服等，甚至还设想了路途中会遇到一些什么样的困难，还买了地图、指南针什么的。就在我们准备出发的那一晚，他突然变卦了，他说私奔这件事太冒险，还是等再大一些的时候再说。他还拿出两张镇上的夜场电影票，说准备请我去看电影，晚上偷偷去，天亮回来，不耽误白天上课，老师也发现不了。我当时还很高兴，他借了一个自行车，我在后面跟着。没承想半道上下起了雨，雨下得很大，衣服很快就淋透了，路上都是泥，车子使劲推才能动一点，我们都后悔了，决定赶回去，可回去的路也不好走。后来我们决定把车子先扔到路边，走回去。倒霉的是，我又不小心崴了脚，他尝试着背我，我刚趴到他身上，他就倒了下去，两个人滚了一身泥水。我只好自己走，一瘸一拐的，等我们回到学校，天已蒙蒙亮了。"

"后来呢？"有人问。

"后来，他问我去不去推自行车，我摇摇头，他说他也不去。这就是我们说的最后一句话。"

第五辑

怀念一朵云

怀念一朵云

每年秋天,她都要去新疆旅行,花很多的钱买机票、租酒店,住几日便回来。

由于气候不适应,每次回来全身都要起一种又红又痒的疙瘩,朋友不理解,一边看她往身上大片大片地涂抹药水,一边埋怨:"你到底喜欢那里的什么?那里的人比别处好,还是那里的水好喝,饭好吃?"

她笑笑,静默不语。

"我不是不让你去,"朋友继续说,"那里实在太远了,风景也大都看过,如果真的想散心,难道就不能换个别的地方吗?"

她摇了摇头。

"为什么?"

"因为,我喜欢那里的云。"

朋友吃惊地张大了嘴巴,说:"千里迢迢跑到那里,只是为了看看那里的云?"

她点了点头。

"那年秋天,我和他第一次去新疆旅行,他穿着一袭白衣在草原上骑马,我躺在草地上看云朵,就是那时起,我发现那里的云朵特别干净,特别漂亮,我想招呼他一起看,发现马驮着他已经跑远了,他和马儿一起在草地上飞驰,远远看过去,就像一朵奔跑的云……后来,我睡着了,醒来时,发现身上搭着他的外套,他躺在我身边,也在安静地看云。洁白的云朵像扯开的棉絮,越铺越大,把我们重重包围,我们躺在云的怀抱里,那么温暖,那么美好……"

朋友叹了一口气:"你还是忘不了他。"

"不，"她说，"我忘不了的是那里的云。"

"可是，你怀念那里的云还是因为想念他。"

她点点头，又摇摇头，说："人已去了，模样也早已记不起，而云，还在那里，不离不弃……"

水儿姑娘

　　水儿总是在夜深人静的时候偷偷地给他画像。

　　他的眼睛好亮哦！水儿第一眼看到的就是他的眼睛。

　　他是二妮的哥哥生子的同学。那天，水儿正坐在二妮家的土炕上织毛衣，抬头看到生子推着自行车走进院子，他跟在生子的后面，当两人的目光对视的时候，水儿的脸莫名其妙地红了。

　　画着画着，水儿就犯起愁来，她会画眼睛，但画不好他眼睛里的光。那眼神真干净啊，清清亮亮的，笑的时候嘴角抿着，看起来很诙谐也很亲切。画好了，水儿觉得还是不太像，如果当时多看一眼就好了。但水儿只看了他一眼，心就突突地跳了，哪还敢去看第二眼啊。

　　水儿是个害羞的女孩子，她把心事深深地锁在心里，从来不告诉任何人。日后，她有事没事就爱往二妮家跑，总是有意无意地向二妮打听生子什么时候回来，每次听到生子在外面叫门的时候，她跑得比二妮还快。但那个男孩再也没有出现过。

　　不知不觉，三年过去了，水儿出落成了一个大姑娘，生子也考上了大学，很少再回来了。她常常把那张画拿在手里左看右看，然后偷偷地抹泪。时间久了，那张纸开始发黄，画像也变得越来越模糊，只有那眼睛里的亮光还在，又过了两年，那光也暗了，水儿就把那张画锁在箱子里，嫁人了。

　　有一天，水儿回娘家，遇到了也回娘家的二妮，两个人唠嗑的时候，二妮突然从夹鞋样的书里拿出来一张画，惊喜地递给水儿，说："这是我哥的同学几年前画的，非让我哥带回来送给你，我说怎么一直都找不到呢，原来夹到这里了！"

水儿像做梦一样接过了那张画——十六岁时清纯的自己!

看着看着,水儿的眼泪就掉了下来,泪珠落到了那画的眼睛上,那眼神里突然间就有了光,再看,那画上的人儿竟仿佛也活了起来……

第八天

男孩儿在路边不停地张望,前面是舞场。

自从看到她,他每天都等在这里,今天是第八天。

昨天她经过时冲他微微一笑,他瞬间觉得很幸福。

男孩儿来回踱着步。

她终于出现了——洁白的纱裙,飘逸的长发,走路的样子那么的优雅。

"晚上好啊!"

"哦,晚上好,您在这里是等人吗?"

"是的,"男孩儿仿佛又想起了什么,"哦,哦,不是……"

"那,你能陪我进舞场跳支舞吗?"

像在梦里,男孩儿陪着女孩儿滑入了舞池。

跳完舞,他和她从舞场出来。

"你愿意送我回家吗?"

"当然愿意!"

一路几乎无话。

男孩儿想,幸福已近,只要伸手抓住就行了。

女孩儿热情地把他迎进屋,倒上茶。

女孩儿依旧微笑着,他也笑。

然后,女孩儿起身关门,脱衣服。

他突然很难受,心很疼很疼……

他想,我该走了。深呼吸一下,他拉开了她关上的门……

恋歌

她说：好冷。

他说：到我这里来吧，我这里温暖。

她说：真的吗？

他说：你来了就知道了。

她犹豫着，什么也没说。

他说：我这里，有田田荷叶，有声声蝉鸣，有杨柳婆娑……你来，我要你做我最幸福的新娘！

她动心了。她对他居住的那个地方充满了向往。

她不理亲人们的劝阻，她谢绝姐妹们的挽留，执意要去他那里。

她在旅途上奔波了很久，依然离他千里万里。

当她看到了满地的绿，她开心极了。她终于找到了他居住的地方，她欢呼着向前冲……

忽然，她感觉到了热，致命的热。

她在热浪中死去。而他，还在痴痴地等。

他的名字叫秋石

她爱他多年，属于暗恋那种，却始终没有勇气去见他。

其实他们就在同一个城市，她只知道他叫秋石，是个摄影师，他们在网上偶尔会聊天，但彼此都没有见过面。

那年夏天，她在网上发现了一件心仪的裙子，她高兴极了，决定穿上这件裙子去他的摄影中心拍照。计划总是赶不上变化，裙子买回来的第二天，她发烧了，病毒性感冒引发肺部感染，一躺就是一个月，病好以后，天气转凉，她只好把裙子锁进了箱底。

她开始期盼第二个夏天。在等待的日子里，她经常把那件裙子拿出来，摸摸看看，在身上比画一下，想象着他们相见的一幕会是什么样的情景。

第二年的夏天快到了，就在她沉浸在美好的憧憬中时，突然感到胸部很疼，到医院检查，竟患了癌症。当医生要把她两个美丽的乳房切除时，她阻止了。这样就彻底断了去见他的希望，没有这个希望，那还不如要了她的命。

可是，尽管她很坚强，也非常配合医生的治疗，依然没有抵得住病魔的侵袭。三个月后，癌细胞扩散，她的生命不多了。

当她得知自己将不久于人世时，她告诉家人，要把自己的眼角膜捐献出去。她只有一个请求，请那个接受捐献的人在她活着的时候来看她一眼。

捐献的对象找到了，是一个小伙子。她见到他后只说了一句话：当你的眼睛能看到光明时，希望能替我去看他一眼——他的名字叫秋石。

等你带我去看海

他们就快要到海边了,她没有想到,一个电话就把深爱她的男友拽跑了。

"报社来的电话,我得马上赶回去。"男友说,"到了海边你先找个地方住下,我会很快赶回来。"

一周过去了,男友还没有回来,她急了。

她试着拨打男友的电话,总是提示关机。难道出什么事了吗?

她再也无心待下去了,决定回去寻找男友。

男友的短信是在她回去的路上发来的:亲爱的,我要结婚了,不要问为什么,你可以不原谅我,但一定要忘记我……

她蒙了,赶紧按照号码打过去,却提示关机。

她一到家就开始发疯般地寻找。亲朋好友、医院,都问遍了,一点线索都没有。

她很失望,但没有放弃,她只想找到男友,要一个分手的理由,哪怕这个理由是牵强的,只要他决定了,她也同意,因为她爱他。

可是,他现在在哪里呢?

她来到大街上,憔悴地望着川流不息的人群,一个卖报的小姑娘问她要不要报纸,她点点头。看报的时候,她呆住了,因为她看到了男友。男友拥着一个身穿病服的女子,正微笑地望着她。

报上说,一个患了绝症的女子通过报社找到了自己的初恋男友,该女子最大的心愿是在临终前穿上婚纱,她的初恋男友已经答应了,愿意伴她度过最后的岁月……

她的眼睛模糊了。

后来,她把那个报亭里的报纸都买了下来,然后把男友的照片全部剪下,贴满了一墙。

　　墙上的男友在看着她笑。

　　她就对着那笑脸说,亲爱的,我等你。

少年和他的羊群

羊群不知是什么时候开始出现的。

守护羊群的是一个十五六岁的少年，他们总是离她不近不远，不影响她教学，又总能让她一眼就能看到他们。

她喜欢在教学之余把目光投向那里，时间久了，她和少年似乎有了某种默契，当她出现的时候，少年就会安静地坐到一边，把自己和羊群在她的目光中定格成一幅画。

她再回头看看自己任教的学校，这是几间静卧在山坳里的砖瓦房，没有围墙，甚至连起码的教学设施都没有。天黑下来的时候，方圆几里都看不到一个人影。晚上，风声夹杂着野猫的叫声，让她心惊。她叹口气，当初她是看到新闻后，自愿放弃大城市优越的工作申请调到这里来的，可现在，她有些动摇了。

那天午后，她和同事饭后溜达，不知不觉来到羊群附近，少年似乎有些手足无措，想看又不敢看她的样子，低低地垂着头，脸儿赤红。同事轻轻捅她一下，偷笑："你看，他好像爱上你了。"

她脸一红："别瞎说，他还是个孩子。"

后来，她坚持留了下来，开始全身心的投入教学，不再胡思乱想。虽然她没有再走近过少年和他的羊群，但那道风景一直充盈在她的心里，每看到他们她的心里就会泛起一阵温暖。

一年后，任教期满，她要调走了。

夜里，月光透过简陋的门窗洒在她的床前，她失眠了。黎明时，她突然听到有人敲门，轻轻地几声，打开门，她看到门鼻上插着一束新鲜娇艳的野菊花。送花人走了，远远地，只看到一群羊儿在吃草。

临走时，她想跟少年说声再见，却没有看到他，连羊群也消失了。

她背着包恋恋不舍地走在下山的小道上，忽然听到背后有羊的叫声，猛然回头，她看到少年跟他的羊群远远地跟在她身后。

"再见！"她流着泪，冲羊群使劲挥手。

少年站住了，羊群也随着停下来。她转过身，毅然朝山下走去。她知道，她只是少年的一个梦，而少年和他的羊群已永远定格在她的心中。

2002 年的第一场雪

她叫雪儿，他叫夏天，两个浪漫的人相爱了。

春天里，他要走了，她去机场送他。

站台上，她轻轻拉拉他的衣袖："咱能不能不去了啊？"

他用手指点了点她的鼻子："看，又傻了，出国又不是出家，我会天天想你的！"

她眼睛红红的望着他，欲言又止。

临上飞机的时候，他捧着她的脸认真地说："我的雪儿，请你记住，今年下第一场雪的时候我会回来娶你！"

不知道那算不算承诺，从此她便开始了漫长的等待……

熬走了夏，又送走了秋，她数着日子盼冬天。

只因为冬天里有雪，等雪的日子那么苦也那么甜！

终于有一天，当她一觉醒来，发现满世界都变成了白色，她落泪了。送信的邮差在门口喊她，她甚至不忍心踏上那洁白的雪，怕一不小心就会踩碎了，化了。

信上说，他要回来了，让她去接他，上面还详细地报了航班的班次和时间。

那天，她和他的家人都去了，接回来的却是他的尸骨。

途中飞机失事了，机上的乘客无一生还……

后来，她去了南方。

有人问她，家里那么好的条件为什么非要走？

她说，南方不会下雪。

她走的那一年是 2002 年，她 19 岁。

失恋的云朵

风儿恋上一朵云,他很想把她摘下来,拥进怀里。可是,那美丽的云朵很冷漠,不等他偎上去,就翩翩飘走了。他急得在后面大喊:"白云姐姐,等等我呀,我爱你!"

"嘻嘻,爱我你就追我呀。"云儿嬉笑着又跑开了。

风儿开始了疯狂的追逐,他随她跑遍了大江南北、五湖四海,却总也追不上她。

风儿累了。

他倚在一片林叶间喘息,望着愈来愈远的云儿黯然神伤。

白云被风儿的痴心感动,冷漠的心融化了,一滴滴饱含柔情的雨点落下来,汇聚成一条小溪,在前面等着风儿。风儿歇息片刻又追了上去,他的衣带拂过清澈的溪水,掀起片片涟漪。

小溪羞怯地拉住风儿的衣襟:"亲爱的风儿,不要再追了,我就是云儿,我在这里已经等你很久了。"

风儿一怔:"不要做梦了,我的云儿又纯洁、又温柔,美丽无瑕,怎似你这般模样。"

小溪委屈地说:"当初你离得远,只能看到虚幻的影子,这才是我真实的样子啊!"

风儿"哼"了一声,未等她说完,已拂袖而去。不多时,他又发现一朵白云翩翩飘来,顿时心潮澎湃,精神倍增,立刻又投入了新一轮的追逐中。

身后,传来小溪伤心的呜咽:"若知现在,何必当初……"

当年

她回来了。

三月的杨柳尽情吐露着芳菲，空气中弥漫着油菜花的馨香，她踩着那条熟悉的小路，心里想着当年的他。

那天，也是在这条小路上，他们走走停停。

"能不能不走？"他再次恳求她。

"不走怎么办？难道我们要在这山里窝一辈子？"

"你走了我怎么办？"

"放心吧，我还会回来的，我爱你。"

车来了，她跳上去，笑着挥手。

车走了，他还站着不动，直到车在远去的视线中缩成了模糊的一点。

……

她先是在一户有钱人家做保姆，后来随着那户人家出国，再后来读书、创业……

她才貌双全，坚强独立，几十年中一直有人追求，但她保持了单身。他是她的初恋，她觉得遇到的那些人都没有他好，她忘不了他。于是，二十年后，她又回来了。

走到村口，她有些犹豫。他还会认她吗？

村口有个羊倌，她凑过去，小心地打听他的境况。她介绍自己时，只说是他的一个远房亲戚。

羊倌盯着她看了半天，直到有人出来喊他回去吃饭，才忙不迭地答道："你问他呀，那个人，他……他早死了。"

她眼里的光泽倏忽淡了下去。

临走时，羊倌征询地问她："大老远来了，要不，回家坐坐？"

她轻轻摇头："不了，谢谢！"

羊倌赶着羊群走了。其实，她早认出他来了。

羊倌走得踉跄而又缓慢，却一直没有回头。

她泪眼模糊，呆呆地望着那个倔强而孤独的背影渐渐远去，犹如当年的自己。

桥

他从桥上走过,无意中捉到一双眼睛,那双眼睛从对面过来,又大又亮,在浓密的睫毛下忽闪着,向他投来极短的一瞥。

那一瞥极短极快,却看到了心里,他的心就在那时开始澎湃。

他到处捕捉她的身影,她走远了,他的心随着她的背影移动。他知道,那双眼睛虽然转过去了,但心还在朝着他望呢。

他开始频繁地路过这座桥。当然也会频繁地遇到她。

每次相遇,她总是飞快地看他一眼,低头匆匆走过,把嘴角的一丝微笑、一抹红晕留在身后的空气里。他身上顿时像施了魔法,减了分量,想跳,想飞,想大声歌唱。

有时候,他很想把她拥进怀里,但她每次总是匆匆地来,匆匆地去。他在心里埋怨过,也哀叹过,可再遇见她时,所有的阴霾都会在她羞涩的一瞥里烟消云散。

他迷上了那座桥。

有时候,他很想与她说句话,却又害怕交谈,什么样的语言能匹配这份美好的情愫呢?索性就不开口吧,他享受那份隐秘的快乐,那份永生的美好。

后来,他要到很远的地方去工作了,临走时,决定向她表白。

他在桥上等她,等了半个月,她始终没有出现。

他走了,当他再站到这座桥上时,已是三年后。

三年里,这座桥每天都出现在他的梦里,他无法忍受这种折磨,于是,又回来了。

他只有三天的假期,第三天,她梦幻般地出现了,还是那么清丽,那么秀美。她迈着轻盈的步伐袅袅走来,他激动地迎了上去。

她目视着前方,眼睛清澈如水,脚步却没有停下,更没有望他一眼。

可是,他分明看到,经过他时,她的眼睫毛微微颤动了一下,一滴泪珠滴在她手里紧紧攥着的婴儿服上。

第二十二位房客

最近,她经常失眠。

高考迫在眉睫,她盯着书本,心里却记不下一个字。

时钟的嘀嗒声缓慢而急促,像一群蚂蚁在心上爬。

洁白的衬衫,淡蓝色牛仔裤,干净明朗的笑容。他的样子总是在她的脑海里闪现。

他是她家第二十二位房客,她不知道他的名字,只知道他每天中午十二点准时回来,一看到那辆崭新的山地车她就激动不已。

离十二点还早,她忽然发现山地车已经在那儿了,可这次她高兴不起来,山地车旁边怎么倚着一辆粉色的女式自行车呢?难道……她的心乱了,又紧张又沮丧。

她把窗户偷偷启开一条缝,密切关注着那辆车的动向。

他出来了,推走了那辆山地车,不一会儿又回来了,车把上挂满了各种各样的零食。

一定是给她买的。她酸酸地想。

时钟依然不紧不慢地走着,她忽然觉得那嘀嗒声太难听了,从来没有这么难听过,她甚至想把钟表给砸了。

后来,楼上下来一位上了年纪的老人,他推走了那辆粉红色的自行车。她发了一会呆,心里却乐开了花。

又过了两天,有个漂亮的女孩子来找他。

她有点烦,冷冷地回:没这个人。

女孩离去了。

她一夜没合眼。第二天,她在院子里碰见了他,其实是她一直在等他,这是她第一次开口跟他说话。她说:"昨天,对不起,有人找你……"

红云铺满了她的脸,眼角也红红的。

他好像并没有在意她在说什么,只轻轻问了句:"你还在读书吧?"

她点点头。

他伸手轻轻摸了摸她的头:"好好学习,将来你一定能考上一所好大学,不要学我,复习了几年都没考上。"

第二天,她突然发现他住的那间屋子空了,母亲告诉她,那个房客说他有急事,竟然连夜搬走了。

第二年,她接到了北大的通知书,望着他住过的房间,脑海里又浮现出他的笑脸,心里柔柔的、暖暖的。

"谢谢你!"她在心里轻轻地说。

最后一片叶子

她无可救药地爱上了他。

可令她纠结的是,他好像对她的存在浑然不觉。

为了吸引到他的注意,她在风中舞蹈、在雨里歌唱,可窗内的他不是写字就是画画,都不曾瞧她一眼。

她很难过,也很自卑。

秋天到了,她的姐妹们都走了,她也该离开了。

他依然每天忙碌,并没有注意到她正准备从他的眼前消失,这让她倍加伤心。

秋风中,她无奈地望了他一眼,准备离开。

他正在画一幅画,画面上是一棵丁香树,树上挂着一片叶子。

她悲伤地旋转着,途经他的窗口时,留下了最后深情的一瞥。

突然,她觉得那片叶子如此的熟悉,那不就是她吗?!

那一刻她释然了,心里溢出小小的欢喜:原来……原来他是知道我的呀!

而此刻,大地在召唤,她无法停留,但她依然欢唱着,用最后的力气,在空中划出一道完美的弧线,缓缓向大地飞去。

单身女孩

下夜班回来，天已经黑透了，一走进那条又窄又黑的胡同，小雨的心就扑扑地跳，单身女孩最怕的就是晚上。

小雨的独身主义吓跑过很多男人，唯有李冰一直对她不离不弃，这让小雨感到很不安。她曾经无数次拒绝过他的关心，譬如，李冰请她看电影，她说已经有约；请她吃饭，她说吃过了。但李冰依旧如故。

一定要想办法让他死心。小雨想。

到家了。

小雨摸索出钥匙，迅速打开房门，她先听听屋里有没有动静，然后摸黑关上窗帘，最后才敢把灯打开。高瓦数的灯泡给了她一种温暖和安全感，她蹬掉鞋子，倒在床上。

洁白的墙面上有几只多腿的虫子在爬，她拿起一本书，垫上报纸，看准位置，再闭上眼睛，朝墙上狠狠砸去。书掉在地上，虫子不见了，尸体粘在报纸上，墙上留下一团肮脏的血渍，无数只小爪子仍抓在那里……小雨强忍着恐惧和恶心，把这些处理掉。

这时候，手机响了。

"你到家了吗？"李冰的电话。

"嗯。"

小雨忽然想哭，但她强忍着。

"你没事吧？"

"没事。"

"我在电视的点歌台上给你点了首歌，马上要播出，你去听下吧。"李冰说完就挂了电话。

小雨打开电视,音乐缓缓响起:

……如果你疲倦了外面的风风雨雨,就留在我身边做我老婆好不好,我一定会承受你偶尔的小脾气,或许我还能给你一点意外,一份欢笑,一个简单安心的小窝,陪你日出陪你日落到老……

优美的曲子,温柔的旋律,不知何时,小雨的泪已经悄然流了一脸。她想了想,给李冰发了一条短信,就一个字:好。

一棵树的相思

没有人比我更熟悉这座村庄了。

村里人有了心事都喜欢告诉我,他们敬畏我、崇拜我,但我从来不动心,因为我没有思想、没有感情,除了做一个默默的听众外,帮不了他们什么。直到有一天——

一位姑娘朝我走来,她皮肤白皙,眼睛明亮,手里拿着一张放大了的男孩照片。我伸开双臂欢迎她,并做好了倾听的准备,但她什么都没说,只轻轻依偎在我身边,望着那条伸向远方的路发呆。

我有些失望,但也很满足,有了她的陪伴,日子便多了几分色彩。一天又一天,姑娘晨来夕归,从她的眼神中我知道她在等待。

那天,姑娘依着我睡着了,突然,村庄里冲出几个人,把她往村子里拽,姑娘挣扎着哭喊:"我不想嫁人,我要等他回来……"

第二天,在阵阵锣鼓声中,一顶大红花轿从我身边经过,我知道,姑娘要嫁人了。

我的目光追随着花轿移动,突然,轿门被打开,姑娘跳出轿门,一头撞到我身上。血,顺着我的身子往下流……

我惊呆了。所有的人都惊呆了。

姑娘死了。

后来,她的家人把她埋在距我不远的地方。我说不出是难过还是欣慰。

生活又恢复了平静,从此,我有了心事。

几年后的一天,一个男人朝村庄走来,我一眼就认出他就是姑娘照片上的那个男孩。

"他回来了。"我对姑娘说,我多么希望她能听到我的话。

我老远就冲男人招手,奋力摇动全身的枝叶,只为吸引他的目光,让他停留一会儿,尽可能地多停留一会儿。

　　我是一棵百年老树,阅尽无数人间悲欢,我能做到的只有这些。

伴侣

　　她坐在靠窗的位置上，从飞机起飞那一刻起，一直在自言自语。

　　这位特殊的旅伴引起了我的注意。她看起来六十多岁，腰身肥硕，皮肤松弛，脸上的皱纹像绽开的菊花瓣一样，层层叠叠。

　　"我看见山了，它们就像我们平时吃的馒头那么大，还有那些路，像一条条白带子横七竖八地交叉在一起，一朵朵的白云飘在我身边，好像……好像我们的小孙女最爱吃的棉花糖……"

　　她终于发现了我疑惑的目光，不好意思地对我笑笑："对不起，可能打扰到您了，我老伴没坐过飞机，我们本来约好退休以后一起来坐的，但两个月前他突然去世了，我来替他坐一回，我们有心灵感应，我说的话他会听到的……"

　　说完，她又开始自言自语了。

　　我转过头去，望着窗外，泪眼模糊。

　　老人可能不会想到，其实我跟她一样。我的爱人早在三年前就去世了，他的照片就放在我贴身的口袋里，每次出行，我都带着他。

第六辑

美丽的背影

美丽的背影

他清楚地记得那是一个星期六，天气阴沉，他去一个街道办事，前面一个女子的背影吸引了他的视线。

那女子身着天蓝色外套，一头油亮的黑发在脑后盘成了优雅的髻，珍珠在她颈部与耳际闪闪发光。她身材曼妙，一双小巧的手轻盈而自然地摆动着，看起来楚楚动人。

他忘记了自己的目的，像猫一样轻轻跟随着她，闻着她身上散发出来的茉莉花一样的香水味，心里有一团火焰在燃烧。

他跟着她走过大街，穿过小巷，拐进一条窄窄的弄堂，最后终于在一扇雅致的木门前停了下来。她摸出钥匙准备开门，一缕头发刚好从前额搭下来，他仍是看不到她的脸。眼看她就要没进门里，情急之下，他轻轻咳了一声。她似乎被吓了一跳，然后他听到了一声轻微的叹息，仿佛女子对他的心意早已洞晓。

他的心怦怦跳着，等待她慢慢转过身来。尽管他早有心理准备，她脸上堆积的皱纹还是吓了他一跳。

"对不起！"女子一脸的歉意，微微笑着，慢慢转过身去。

"哦，没关系。"他慌乱地附和着，忽然又觉得她的道歉和自己的作答都很奇怪。

"你没做错什么，为什么要向我道歉？"

"你走吧，我已经习惯了。"说着她轻轻地合上了门。

他站在门外，一脸愕然，其实，他都懂了。

后来，他仍常常想起她和那个昏暗的日子。奇怪的是，他仍然觉得她很美，不仅仅是她的背影。

情人节的礼物

出门前，妻子不知是有意还是无意，特意告诉他，说今天是情人节。他"嗯"了一声，情人节是洋玩意，再说这节日是小青年的专利，他们都老夫老妻了。

走到街上，他发现到处都是花，玫瑰、百合、康乃馨……在花儿的海洋里，绽放着一张张年轻的笑脸。他被这气氛感染了，忍不住也掏钱买了一朵红玫瑰，心想，妻子见了一定很高兴。

走着走着，遇到了同事张三，张三看了看他手中的玫瑰，像看陌生人一样看了他一会儿，夸张地说："嘿，你行啊，哥们。"

他正要解释，张三摆摆手，理解似的拍拍他的肩走了。

刚走两步，又遇到了李四，他见李四也一直盯着他手中的花看，还未等他开口，就先解释说："这花，是给你嫂子买的……"

李四笑了，笑得很诡异："我可什么都没看见，我走了，再见！"

他想拉住李四，但李四像个猴子一样，"哧溜"一下就消失在了人群中。

他抬起头，发现许多眼睛都在盯着他和他手里的花。

真见鬼。他忽然觉得脸有些发烧，仿佛自己真的做了什么龌龊的事，恰巧身边有个垃圾筒，他便把花扔进了垃圾筒里。

回家的时候，他去农贸市场买了几只猪耳朵，妻子爱吃这个，就当送她的情人节礼物吧。

举着猪耳朵走在街上，他觉得轻松多了。

出售时间的女孩

站在我面前的阿柳是一个白白净净的女孩子，她的眼睛笑起来像一弯月牙。

"你出售时间？"我好奇地问。

"是的。"她笑眯眯地说。

我说："我想买下你一段时间，请你按时去探望我的母亲，可以吗？"

"当然可以。"阿柳点了点头。

于是，我买下了她每天上午9点到11点的黄金时间，并交了一个月的定金。我向她承诺，如果合作愉快，还可以续期。

后来证明，阿柳做得很出色。母亲说，一个很俊的姑娘经常去看望她，还给她带了一些好吃的东西，姑娘嘴巴很甜，也很勤快，临走的时候还把她换下的衣服全给洗了……

我很感动，当然也很满意。那天，我给阿柳打电话表示感谢，我说："你做得很好，请你今天再代我去探望另一位母亲。"

"你有几位母亲？"阿柳惊讶地问。

我只好坦诚地告诉她，我是一个孤儿，是吃了五位老人的奶长大的，没有她们就不会有我的今天，所以，她们都是我的母亲。

阿柳说："好吧，我看出来了，你是一个懂得感恩的人。"

我说："她们都是我的亲人，只是我太忙，走不开，希望你能代我去经常问候她们。"

阿柳说："你放心，我会的。"

一个月后，我回去看望我的母亲们，顺便也想跟阿柳续一下合约。

阿柳热情地接待了我，她说我是她最大的一个客户，她要请我吃饭。

　　饭桌上，我问阿柳："你的小店能开多久？"

　　阿柳调皮地说："如果你一直续，我就一直开。"

　　我认真地说："如果可以，我想把你的时间多买点。"

　　"你想买多久？"

　　我深情地注视着她说："一辈子。"

我想跟他谈谈

下班回来,我发现楼下贴着一张寻人启事:某某,35岁,一年前离家出走,有提供线索者定重谢。

启事上的大头照似曾相识,仔细一看,咦,这不是我家楼下的那个乞丐吗?

此人栖居我家楼下已有半个月了,他一般白天出去,晚上回来,我曾经想过把他赶走,后来看他挺干净,也很守规矩,就默许了。渐渐地我发现这乞丐很有个性,譬如他从不主动与人说话,也不要钱,有一天我做的饭多了,给他端去一碗,他竟然拒绝了。

更奇怪的是,我发现他晚上不盖被子。那天我下夜班,看到他在楼拐角处蜷缩成一团,一张薄薄的破毯子被他撂在一边。此时已经入冬,寒风萧瑟,他为什么要这样作践自己呢。

我按照启事上留的号码打过去,一个女人接听了电话。她听我说完,半晌没有出声,就在我要挂断电话时,那边传来了哭泣声。

"你看到的人是我男人,一年前,我家丢了一百块钱,他怀疑儿子拿了,就去翻他书包,里面刚好掉出来十块钱。但儿子一口咬定那十块钱是路上拣的,说还没来得及交给老师。他以为儿子在说谎,很生气,就打了他一顿,又让他脱光衣服跪在门口的雪地上。第二天,邻居过来拍门,发现儿子已经不会动了……儿子死后,我在抽屉的夹缝中找到了丢失的钱……我们只有这一个孩子,很爱他……可是事情已经发生了,无可挽回,后来,后来他就离家出走了……"

挂掉电话,我的心久久无法平静。天黑了,男人还没有回来,我把家里最厚的被子找出来,送到楼下。

等他回来以后,我要跟他好好谈谈。

邂逅

罗格第一眼看到她时,就决定要娶她了。

她安静地坐在酒吧一角,双手支着下巴,美丽的眸子忧郁地望着窗外,性感的嘴唇半开半启……

罗格越看越喜欢,这是第一个让他一见钟情的女人。

该如何向她示爱呢?走过去,跟她说你好?罗格摇摇头,对于未来的新娘来说,这样的开场白未免太平淡;若直接向她表白,说爱上了她,要娶她回家?也不行,缺乏浪漫且太过生硬;倘若委婉一些,告诉她,说想让她做我未来孩子的母亲?不,也不好,显得操之过急了;假如我请她喝杯酒呢?罗格眼睛一亮,对,就请她喝酒,这样既浪漫又显得很绅士。

罗格要了一瓶名贵的酒和两个酒杯,还没有落座,她已经袅袅婷婷地走过来坐到了他的身边。

"你想请我喝杯酒吗?"她看着他温婉地笑。

"当……当然。"罗格的计划完全被打乱了,他心跳加速,语无伦次,欣喜并慌乱地开始往酒杯里倒酒。

她优雅地端起,朝他妩媚一笑,然后一饮而尽。他想夸她好酒量,却没有说出口。

"酒不错。"她说。

她一连饮了两杯,看起来已经有些微醉。他又倒满一杯,这次,她没有喝那么急,端起来一口一口地抿,眼睛里不断放出撩人的电波。他陶醉了。就在他按捺不住想要拥抱她的时候,她恰好抿完第三杯酒,轻轻放下酒杯,朝他妩媚一笑,说:"谢谢你请我喝酒。"说完,起身离座,给了他一个飞吻的动作,然后身子一扭,袅袅婷婷朝酒店外走去,很快从他的目光里消失了。

罗格望着她消失的方向,朝身边的服务员打听那女人是哪里人。服务员同情地望着他说:"你想经常见到她是吗?这很容易的,她经常来这里蹭酒,从来没有付过钱。"

罗格"啊"一声,手中的酒杯掉到了地上。

尴尬的生日礼物

今天是他的生日,他和妻子手挽手从外面散步回来,一个邮差正在家门口等着。

"先生,您的信。"

他签完字,拆开信封,开头三个字映入眼帘"亲爱的——"他的心开始忐忑不安,等他把一封信全部读完,冷汗下来了,这分明是一封缠绵悱恻的情书。

"谁来的信?"妻子在一旁笑眯眯地问。

"不……不知道。"他嗫嚅着说。

"怎么不知道呢,你……好好想想。"妻子的神色有些微妙的变化。

真糟糕,他想。看来是瞒不过去了,她是个好妻子,我应及早向她坦白。

"对不起亲爱的,我不该瞒着你……有一个女孩子,她……"

"你……"

妻子的眼睛里涌出了眼泪,她脸色煞白,一把夺过他手里的信,找到打火机,火苗跳跃着蓝色的火焰,燃烧着他的心。

"对不起,请你原谅!"

"不,已经晚了,你已经不认识我的字了……"

一旁的妻子泣不成声。

对不起，谢谢你

都市。夜。话吧。

一名男青年拎着廉价的白酒，摇摇晃晃地走了进来。

他走到一台话机前，坐下，然后拨号。

"喂，你好！"

话筒里传来女子温柔的声音，青年愣了一下，问："你好，你知道我是谁吗？"

"哦，对不起，一时没想起来。"

"想不起来没关系，我只想给你说几句话。"

"你说吧。"

"我一直爱着你，深深地爱着你，你知道吗？"

"……"

"夏天出门，我怕晒着你，给你打伞；冬天散步的时候，又担心你冷，我脱下我的棉衣给你披上。后来，你问我冷吗，我说不冷。你不信，我就把一块雪捏碎，偷偷放到头上化掉，我告诉你我真的不冷，你看还出汗呢。"

"你……"

"你别说话！"青年粗暴地说，"一到春天和秋天，你的胃病就犯，疼得在床上打滚，吃不下饭，睡不好觉，是我买来桂圆和山药给你熬粥喝。有时候粥熬好了，你却睡着了，我舍不得把你叫醒，就坐在旁边守着，一直等着你醒来，难道这些你都忘了吗……"

"等等，你听我说——"

"你不用说了，事情都已过去，我已经想通了，你这样的人根本不值得我爱，从今以后你的事都与我无关。我今天是喝了点酒，但我没醉,我只想把心里的话说出来,要不我会憋疯的,说出来我好受多了。"

青年说完"哐啷"一声挂了电话,那响声把话吧老板吓了一跳。

电话又响了。

"对不起,你刚才是不是打错电话了?"对方问。

青年举着电话的手在微微颤抖,他说:"对不起,谢谢你能听我把话说完……"

夜,静悄悄的,青年走出了话吧,他的脚步还有些踉跄,但比来时踏实多了。

失踪的男友

勇是我的男友，一个月前他走了，只留下一张纸条，说要去帮两个人实现一个梦想。

我很疑惑，他自己的很多梦想都还没有实现，为什么要去帮别人？为什么要瞒着我？

一个多月过去了，他像一滴水沉入大海，我找了很多地方都没有他的踪影。就在我即将崩溃的时候，收到一封匿名信，信里只说了一个演义吧的地址，说勇今晚会和一个女孩子在那里出现。

此刻，我正坐在演义吧的角落里，默默地等待。

音乐不急不缓地响着，主持人笑容可掬。我心乱如麻，那些歌声和笑声在我耳里都成了噪音，我只盼着能快些见到勇。

随着音乐，勇终于出现了，他牵着一个浑身洋溢着青春气息的女孩，缓缓走上舞台。这个舞台曾经属于我和勇，我们是令人艳羡的舞蹈王子和舞蹈王后。而今，我却看着他牵着别人的手旋入舞池，在音乐和掌声里翩翩起舞。

我低下头，让自己的头脑迅速冷静下来。爱是不可强求的，既然这样，我还是祝福他们吧。舞曲快结束的时候，我买了一束花，朝那个舞台走去。

我坚信我的目光是真诚的，我不知道勇会是什么样的表情，因为我没有去看他。我只看着叶，因为我手里的花是送给她的。

我故装优雅地去拉她的右手，可是，我呆住了，我拉到的是一个假肢。

我看看勇，勇正看着我，那是一双熟悉得让人心痛的眼睛。看着勇欲言又止的样子，我告诉他，我不是故意的，我真的不知道。

叶仿佛明白了什么。

她用另一只手接过花,开心地笑了。她说勇是她的老师,勇办了一个残疾人舞蹈班,她只是其中的一员,今天是他们的第一次演出。

我看看勇,他正深情地注视着我:"这是我们两个人的梦想,我只想给你个惊喜。"

我再也忍不住了,把勇和叶都拥在怀里,眼泪汹涌而下。

台下响起了雷鸣般的掌声。

一个人的爱恋

她站在那棵繁茂的丁香树下，静静地望着那扇熟悉的窗，窗里有一个人，一个她朝思暮想却又不愿意去见的人。

四年了，多少个时光在痴情的守望中悄悄溜走。她能够清楚地记得他在哪一天穿了哪件衣服，留了哪种发型，说过什么样的话。他的喜怒哀乐直接牵系着她的每一根神经。是的，她爱了。

爱着，很苦，也很甜。

有一天，他出差了，天不亮她就爬起来上网，查询他出差城市的天气预报，在另一个城市的一隅，默默体验他的冷和暖，独自思念，独自伤感。

他发来的短信她每条都舍不得删，一有空就翻出来读，读的时候满眼都是水汪汪的幸福。

无论走到哪里，她脖子上都挂着一个破旧的傻瓜相机，她把她发现的美以及生活中的点点滴滴都拍下来，与他一起分享。

她爱他，却不愿意表白。因为他有家，有妻子。

她说，爱他是我一个人的事。

在她眼里，爱是至高无上的，是圣洁无瑕的，这是一份美好的感觉，她不愿把这份感觉破坏掉，变成伤害。

对他来说，她是他相处了四年的同事。

对她来说，他是那个让她爱得心疼的陌生人。

四年后，她选择了离开，背着简单的行囊，一个人去了远方。临行时，她大方地微笑，握手，道别。

望着他潮湿的眼睛，她只说了两个字：祝福！

考验

他们一路走来，从一无所有到功成名就，却依然保持着爱情的鲜美。情人节这天，有一档关于爱情的节目请她去做嘉宾。

节目中，主持人给她出了一道考题，需要她跟老公电话交流。她看了题目，暗自好笑，觉得这对于聪明的老公来说应该不成问题。

电话是免提的，现场的人都可以听得到他们的对话。

她照着题目念："亲爱的，你真的爱我吗？"

老公："这还用问！"

"我要什么你都可以给我吗？"

"那当然。"

"你发誓？"

"我发誓。"

"那我想要天上的星星。"

"你现在在哪里？"

她没有告诉他，他们彼此都沉默着。现场出奇地静，不一会儿，她听到了嘟嘟的忙音，电话断掉了。

"他一定以为我是在无理取闹。"她想，但对他的表现却很失望。

她回去后，他正在家里上网，对于节目上的对话他们都没有再提，但她明显感觉到有一种距离正横亘在他们中间，空气稀薄而沉重。

一周后，她收到了一个快递。打开沉甸甸的包裹，里面有一块看似很普通的石头，读完礼盒中的证书和说明文件，她才知道，这就是星星，一块从天上落下的陨石，他一周前从网上订购的。

"亲爱的，我没有告诉你，是想给你个惊喜。"他拥着她说。

她心花怒放，依在他怀里，泪眼里绽放出幸福的笑容。

红本本绿本本

他们从婚姻登记处的大门里走出来，怀里各自抱着一个红本本，幸福的笑容挂在脸上，像两朵蓬勃盛开的花儿。

"亲爱的，领了结婚证我就是你的人了，从现在起，你要保证爱我一辈子。"她娇羞地说。

"放心吧，宝贝儿，"他把她拥在怀里，"我会像呵护我的眼睛一样呵护你。"

路过一处影楼，她想进去选一套婚纱。

他看看时间："父母都在酒店等着我们呢，改天吧。"

她噘起小嘴："就进去看一眼嘛，也不差这一小会儿。"

他略有不快，但还是陪她走了进去。她一进门就看中一套豪华的婚纱套餐，还可以免费去一个风景秀美的地方拍外景，总价是一万元。

"太好了，亲爱的，我觉得这套婚纱太适合我们了。"她说。

他摇摇头："婚纱只是一种形式，不一定非选这么贵的。"

她有些不高兴："什么形式不形式的，你就是不舍得为我花钱。"

他的脸有些红："不是钱不钱的事，我觉得没有必要。"

她生气了："不要狡辩好不好，你就是为了钱，"然后大声叫服务员，"过来结账，我就定这套了。"

他扭头走了出去。她追出门外，两人在街上继续争论，谁也说服不了谁，十分钟后，由争吵变成了厮打。

当一切渐渐平息的时候，他们又回到婚姻登记处，出来的时候，手中的红本本变成了绿本本。

他们创造了史上最短暂的婚姻。

谎言里的爱

"儿子又来短信了。"他刚踏进病房，妻子就笑着告诉他。

他接过手机，上面有一条刚发过来的短信"妈，我找到工作了，正在实习中，一切安好，勿念。"

"儿子怎么不回来看看我呢，我真想他呀！"妻子望着他，脸上闪着幸福的光泽。

"儿子刚毕业，就业压力大，我们不要打扰他，"他安慰着妻子，"等你养好了病，咱们去看他，给他个惊喜。"

他把妻子拥在怀里，很快，妻子躺在他的臂弯里睡着了。

儿子的短信来得越来越频繁，"妈，领导表扬我了""妈，我涨工资了""妈，我谈女朋友了"……

一天，妻子盯着手机发呆，他猜透了她的心。

"是不是又想儿子了？"他问。

"我想听听儿子的声音，跟他说说话。"她说。

"你儿子从小就不爱说话，你又不是不知道……"他无奈地说。

她何尝不知道呢，儿子的性格一直内向，尤其是考上大学以后，越来越不爱说话，她很焦虑，要带他去看心理医生，但倔强的儿子不愿意去……令她欣慰的是，儿子越来越懂事，经常给她寄小礼物、发短信，他的短信是她活着的希望……

那天，是她做手术的日子。临上手术台前，她说想见见儿子。

他想了想，说："行，我打电话让他马上回来。"

过一会儿，妻子告诉他不用打了，她说："儿子刚刚发来短信，说领导很器重他，要派他出国考察几天，现在正购机票呢。"

他说："儿子是好样的，为了他，你一定要坚强。"

妻子微笑着点点头。

那天,妻子进了手术室,再也没有出来。

他拿过妻子的手机,一条一条翻看着上面的短信,泪如雨下:"亲爱的,对不起,我骗了你……"

他始终没有告诉妻子,儿子两年前就因抑郁症自杀了,那些短信都是他代发的。

风波

该过年了,爸爸妈妈却闹起了离婚。

事情是这样的。爸爸很多年前的一个战友来找他叙旧,因为两人以前是好友,关系比较铁,留在家里住了十几天。家里冷不丁多个陌生人,妈妈心里别扭,脸色多多少少不太好看。那战友大概看出来了,临走的时候说不能再住了,再住下去嫂子就要嫌弃了。爸爸怎么留都留不住。

那战友前脚走,爸爸后脚就闹开了,说妈妈小气,没有给他面子,还说这辈子窝囊,受她一辈子的气。总之,陈芝麻烂谷子的老账都拿出来一起清算了。妈妈也委屈啊,好酒好菜地招待那么多天,到头来还落了一身的不是。

就这样,爸爸和妈妈各说各的理,争论不休,互不相让,最后就闹到了要离婚的地步。

为了让父母尽快和解,我也绞尽脑汁,做了许多工作,但都没有收到成效。后来我心生一计,把一位摆卦摊的老伯请到我家门口,如此这般交代一番。我知道爸爸平时有些迷信,他一定不会放过这次机会。

果然,没过多久我就看到爸爸虔诚地坐在了卦摊的小凳子上。

晚饭的时候,我听到爸爸悄悄跟妈妈说:"老婆子,别怄气了,我先给你赔个不是,连算卦的都说我们这辈子缘分未尽,往后咱俩还得好好过。"

我"扑哧"一声笑了,妈妈瞪我一眼,也笑了。

一场风波就这样平息了。

回家的路

雪下得很厚，每踏出一步，脚下都会发出"咯吱咯吱"的响声，他一步一步走着，艰难地抬腿，迈步，父亲几次想搀他一把，都被他甩开了。

他的腿受过伤，这伤都是因为春花。春花是他的心上人，他永远也忘不了那个脸上有一道疤的男人拉扯春花的样子，他就那么一脚，只一脚，那个男人就捂着裆蹲了下去，他的腿也因为用力太大落下了伤。

这一脚差点要了那个男人的命，他也因为这一脚在高高的围墙里一待就是三年。

今天他终于可以回家了，父亲一早就来接他。他又问起春花，父亲告诉他，春花在他进去后就出去打工了，三年里从没有回来过。

他心里的火苗一点点熄灭，回家的路很长，长得让他觉得没有尽头。

村子的轮廓已经清晰可辨，他看到了村口的娘。

娘看到他笑了，还没说话，泪水先流了下来。娘使劲拍打着他身上的雪花，颤抖着手从口袋里掏出一封信。他诧异地从娘手里接过那张薄薄的纸片，信上只有一行小字"回来后找我"下面是一行地址。

他的手在抖，这是春花的字。

他抱住娘痛哭起来。

父亲微笑着拍拍他的肩，"走吧，孩子，咱们回家。"

他点点头，脚步轻盈多了。

驿站

车里的人真多。

他的眼睛晃过一个个攒动的人头,最后落在一个漂亮女孩儿的背包上。

他不动声色地挤到厕所旁边。这儿离女孩儿最近,也是他最容易得手的地方。

他倚在厕所门边,静静地等待着最佳时机。干他这行,没有耐心是不行的。时机到了,鱼儿会乖乖游进网里,他所要做的,只是轻松收一下网,然后悄悄地离开。

车窗外,一排排笔直的白杨树,急速地向后倒去,夕阳慵懒地卧在华北平原上,久久不肯离去。

这时,那女孩儿从座位上站起,穿过人群,径直朝他走来。他把烟摁灭,扔在地板上,用脚狠狠踩了踩。

机会来了,他无声地笑。

女孩儿轻轻拉开了厕所的门。他想,等她从里面出来的时候,他的计划就可以实施了。

可是,一切并没有按他所想的程序进行下去。女孩很快出来,却迟疑着偎在门口,脸色羞红地望着他,清澈的眸子一闪一闪。

他有点不知所措。

"大哥,这厕所的门扣坏了,你帮我把下门,好吗?"女孩儿轻声道。

他一怔,继而,点了点头。

窗外,夕阳正在慢慢下沉,那份华丽的温热却留了下来,把他的心煨烤得热乎乎的。

下一站，很快就到了。

他决定下车。走过女孩身边时，他突然回头对她说："谢谢你，妹子，还有，请看好你的包。"

女孩儿的眸子一闪一闪，微笑着点了点头。

最美不过夕阳红

熙熙攘攘的东风渠畔，总能看到一对老人散步的身影。他们之所以引人注目，是因为他们散步的姿势与别人不同。男人走在前面，他的个子比较高大，脊背挺得很直，而女人身材瘦小，低头跟在男人的背后亦步亦趋，像他的仆人，不，更像他的俘虏。他们行走的姿势如一条直线，连胳膊甩动的频率也出奇地吻合，有点像学生出操或者军人的仪仗队。

我想，这个男人要么大男子主义，要么家教森严，行为古板，再看到他们的身影时，不禁可怜起那个娇小的女人来。

就在我为那个女人感到愤愤不平的时候，忽然发现他们的散步方阵被打乱了。

那是一场春雨后，天气还有一丝凉意。我看到她走在他的前面，牵着他一只手，走走停停，她的头抬起来了，不时看着他笑笑，温软地说些话。

邂逅多了，便成了老熟人，我微笑着与她打招呼。

"他的眼睛刚做过手术。"她说。

啊，原来如此。

有一段时间，他们忽然都消失了。

再见到他们是在一年后。那是夏天的一个傍晚，男人坐在轮椅上，表情冷漠，眼神呆滞。女人在后面推着他。原来男人得了中风，刚从医院出来。

"万幸，捡回来一条命。"女人和善地笑着，用手绢随手拭去男人嘴角淌下的一道口水，"年轻时他把我当孩子，处处护着我，连走路都让我走在他后面，现在老了，他倒越来越像个孩子了，一刻都离不开我。"她说话的语气有点娇嗔，看不出一丝悲怨。

有风吹过，不知名的花树有粉红花瓣一片片落下，如一场玫瑰花瓣雨。她推着他，在这些花瓣中间慢慢地走着。

夕阳下，他们的影子挨得很近……

幸福的烦恼

下班晚了十分钟，还没到家，我的心就怦怦直跳。

每次我下班晚回，你都会不依不饶地纠缠，摔东西是你的拿手好戏，如果我敢给你一些脸色看的话，你便会号啕大哭，你的哭声高昂嘹亮，撕心裂肺，能在一瞬间吵醒全小区的灯光。

在你的哭声面前，我束手无策，甘拜下风，七尺男儿软成了一坨泥。

你不但爱哭，还爱挠人，稍有不慎，我的脸就会被你挠得伤痕累累，就这样，我还得替你维护形象。我说我家养了一只剽悍的猫，其实你比猫剽悍多了，猫抓了我，我还能打它，可是你，我敢吗？

你喜怒无常，想哭了就哭，想笑了就笑。

你蛮不讲理，经常把你的口水鼻涕抹到我的衣领上，让我无颜见人。

自从有你，我开始害怕漫漫长夜，自从有你，我觉得日子一天比一天难熬，自从有你，我……我快撑不下去了。

可是，尽管如此，我还是那么盼望见到你，我的只有十个月大的，亲爱的小女儿。

下辈子

上帝把我变成了一棵树，一棵挺拔的树。

这是一件激动人心的事情，当然，也是我努力祈祷的结果。我得意地打量着每一个从树下经过的人，尽情地享受着做树的美妙和幸福。

日月穿梭，我的身姿越来越高大，枝叶越来越繁盛，喜欢我的人越来越多。他们在树下跳舞、唱歌、谈恋爱、下棋，甚至还有人在我脚下摆起神龛，焚香敬拜。总之，从此以后，我过起了像神仙一样的生活。

是的，在人们的眼里，我就是神仙。

一天夜里，一对青年男女朝我走来，我以为他们只是来乘凉，没想到他们带来了斧头和电锯，一到我身边就动起手来。

我又愤怒、又惶恐，但我的呵斥和诅咒都阻止不了他们，在电锯的轰鸣中，我奄奄一息，訇然倒下。

小伙是个木匠，他用我的身体做成了家具，这让我稍稍感到安慰。

一天，他们不知为何突然吵了起来，眼睛瞪得一个比一个大，嗓门吼得一声比一声高，紧接着就动起手来。只听得"喀嚓""哗啦"，屋子里的东西歪的歪，倒的倒，当然，我也没能幸免。

我肢体破碎，奄奄一息，绝望地闭上了眼睛。

待我醒来，看到地上有两个身体，像两块粘在一起的膏药，在我零散的骨架旁疯狂地滚来滚去。

是的，他们和好如初了，而我，再也回不到从前。

我深深叹了一口气，看来我得重新思考一个问题：下辈子做什么呢？

第七辑

地铁里的歌声

地铁里的歌声

一位中年人站在地铁口,他衣着考究,手里攥着几张百元钞票,见我过来,忙拦住了我:"姑娘,求你帮我一个忙,把这些钱送给那个在地铁里唱歌的孩子吧。"

中年人站立的位置离唱歌的小伙子并不远,他为什么不直接送过去呢。见我疑惑,他叹了一口气,说:"跟你说实话吧,那是我儿子,也是我唯一的孩子。他大学毕业后,放着好好的工作不做,非要出来流浪,说要靠自己闯荡世界,我尊重他,但又不放心,只好一路跟着他,又不敢让他知道,唉……"

我懂了他的意思。接过钱,像接过一份沉甸甸的责任。

在地铁空隙处一个小小的角落里,我坐了下来。

面前的他一身牛仔,肩上挎着吉他,正安静而专注地唱着一首不知名的歌曲。他的声音喑哑低沉,有一种与年龄不相称的沧桑感。等他唱完,我又点了一首歌,然后把一百元钞票塞进他手里。

他接过来,朝我轻轻鞠了一个躬。

我一首一首的点,他一首接一首地唱,当我第五次把一百元钞票塞到他手里时,他拒绝了。

"谢谢你,"他说,"你已经给得够多了,如果你喜欢,我免费唱给你听。"他说得很从容,也很认真,有一种不容抗拒的真诚。

我只好点点头。

他的歌声再一次响起,在安静的地铁里回荡着,从他的歌声里,我看到了蓬勃的日出,广袤的原野,当然,还有一位父亲疼惜而欣慰的目光。

爬上一棵树

失恋后，他很自卑，觉得自己无能，甚至一无是处。

这天，他爬上一棵很高的树，准备跳下去了结自己痛苦的生命。这时，一对恋爱中的男女朝这边走来。

"你看，树上有个人！"女的首先发现了他。

"嗨，哥们，你在树上干什么？"男的问。

他不想让别人知道他要自杀，于是故作轻松地说："我在看风景。"

"啧啧，"女的羡慕地说，"他真了不起，这么高的树都能爬上去。"

男的说："这有何难，我也能。"说着脱掉鞋子，也努力往树上爬，但爬了几次也没爬上去。

女的把男的拉走了。

他骑在树上，看着男的垂头丧气的背影，突然觉得无比快乐。

而后，他哼着歌儿从树上爬了下来，自豪地走回了家。

艳遇

公园里的人很多，他选了湖旁一个清净处坐下，放眼看周围的景致。这时，一个窈窕女子走进公园，径直朝这边走来。

美丽的人走到哪里都是一道风景。他的目光便随着这道风景缓缓移动。

风景越来越近了，他看到了浓黑的发，白皙的脸和清澈的眼睛。他是个爱美的人，爱美的人通常不会放过任何一次欣赏美丽的机会。他安静地坐着，一动不动，目不转睛地把女子优雅的举动尽收眼底。

那女子仿佛有了感应，把如水的眼波投向了他，他心里一阵窃喜，仿佛这一片春色就要属于他了，心想，这就是所谓的艳遇吧。正在胡思乱想，那女子嘴角上翘，望着他"啊……啊"地叫个不停。

他的心狂跳起来，机不可失，时不再来。

他精神抖擞，迎着女子走过去，

快到跟前时，女子突然转身，轻移莲步，旋转腰肢，做了一个甩水袖的动作。就在他目瞪口呆时，只见那女子轻启朱唇，翩翩起舞，婀娜婉转地哼了一段花鼓戏。

火候

张三喜欢阿米，表白了几次，阿米既没有同意也没有拒绝，张三不知道阿米到底什么意思，又不好问得太直接，就去求好朋友李四帮他出个主意。

李四是情场高手，女朋友有一个连，而且还有继续上升的趋势。李四拍拍张三的肩膀说："兄弟，爱情不能守株待兔，你得主动出击啊。"

张三想想也对，下班后去买了一大束火红的玫瑰去找阿米。

阿米把花收下了，行动上却依然没什么表示。

张三问李四怎么回事，李四说："那是火候还不到，你得继续进攻。"

一个月过去了，阿米依然没有给张三明确答复，他着急了，又去找李四。

李四说："爱情就像布袋口，该松时送，该紧时紧，你先把她放出去，冷她一段，不出一个月让她主动找你。"

张三决定试一试，见到阿米的时候他换上一副冰冷的面孔，就跟见到了陌生人似的。

有一天，张三被阿米堵在大门口，问他为什么突然不理她了。张三看到阿米的眼神很忧伤，正要说话，被赶来的李四遇见了，李四把张三拉到一边，说："千万要稳住，现在还不是理她的时候，要再晾一晾，那样她才会觉得你更有魅力。"

张三想想很有道理，自从听了李四的话后，阿米对他热情多了。他决定继续冷落阿米，等把她的热情积攒得像一团火的时候，他再向她求婚。

可是，结果并非如张三想象的那般顺利。不久的一天，他突然听说阿米跟张六结婚了，他大失所望，气急败坏地去找李四。

李四说："我教给了你方法，但你没掌握好火候，怪不得我呀。"

婚前婚后

婚前，男孩给女孩洗脚。

女孩"啪"地给男孩一巴掌："这么热的水，你想烫死我呀？"

男孩赶紧舀了几勺凉水添上。

女孩"啪"地又一巴掌："又凉了，你个笨猪！"

好不容易洗完脚，男孩刚要去找毛巾，女孩把脚一抬，抵到男孩胸脯上说："暖着！"

男孩不敢动了，两手捂着两只小脚，傻傻地望着女孩笑。

女孩声音柔了："我这么对你，你烦不烦？"

男孩说："不烦不烦，能给你暖脚是我的福分，哪能烦呢？"

……

婚后，女人给男人洗脚。

男人"啪"地给女人一巴掌："这么热的水，你想烫死我呀？"

女人赶紧舀了几勺凉水添上。

男人"啪"地又一巴掌："又凉了，你个贱人！"

终于洗完了脚，女人找来毛巾，轻轻把男人的脚擦干，男人又"啪"地给了女人一巴掌。

女人："你为什么还打我？"

男人："难道打你还要选个黄道吉日？"

女人捂着脸呜呜地哭："结婚前你把我当宝，没想到结婚后……"

男人说："婚前就像无证驾驶，提心吊胆，婚后就是有证驾驶，随心所欲，你现在是我的人了，我爱怎样怎样，你能怎么着？"

女人拉着男人去找村长评理。到了村长家，正遇到村长的老婆举着棒槌追着村长满院子跑。女人想拉村长拉不住，只好拉住了村长的老婆,她一把鼻涕一把泪地把事情的经过说了一遍,村长老婆对女人说:"妹子,不要怕,鼻涕往上流——反了他了,他敢随心所欲,咱就取消他的驾照,跟他离婚。"

女人恍然大悟,一跺脚,拽着男人就朝民政局走。

男人腿一软,跪了下去:"回家吧老婆,我给你洗脚。"

剩女小五

小五刚谈的对象又吹了,她经常向人抱怨,说找一个好人咋就这么难呢。

小五可是有名的大美女,性格也好,对另一半的要求也不高,但只有一条,必须是个好人。

按理说,以小五这样的条件找个好人并不算难,可她愣是从妙龄女郎生生熬成了大龄剩女。

她的第一个对象除了是个俊男,还是个大孝子。两人处得挺好,各方面都很满意,就在她准备把自己嫁出去的时候,那孝子竟因为跟人打架被劳教了。

小五果断跟他分了手,后来一想起这事心里就后怕。好险啊,她想,自己差点进了火坑,从监狱里出来的人还能是好人吗?

第二个男友的脾气倒是温厚,个性腼腆,从来不惹是生非。小五考验了几个月,没挑到毛病,可到最后还是分手了。"你不知道,"小五说,"那一次我跟他上街,他……他竟然看别的女孩,太伤自尊了,我可不能嫁给一个色狼。"

第三个男孩是个宅男,不会拈花惹草,甚至一见女孩就脸红。可小五还是没相中。她的理由很简单,出去吃个饭还要AA制,这样的男人能托付终身吗?

后来,小五又见了张三、李四和王二麻子,她说:"哪路妖精都逃不脱我的眼睛,只要被我瞄上,他们都会统统现出原形。"

一直到现在,小五还是单身。她说:"都说天下好人多,我咋就遇不到一个呢?"

愚人节

愚人节这天，王二百无聊赖，他很想找个人捉弄一下。

晚上十点，王二找了两个麻袋，装了两块砖头吊在桥下，然后用公用电话报了警。

"喂，110吗，湘江桥下有两个麻袋，里面装着两个炸弹……"

几分钟后，警察带着拆弹专家赶往桥下。

专家慢慢接近麻袋，摄像机在不远处"咔嚓咔嚓"地闪着，像一双双眼睛。

王二强忍住笑，躲在暗处观察着他们的一举一动。又过了一会儿，他看到专家轻轻把麻袋摘下，与几个人嘀咕了一阵，一行人便浩浩荡荡地撤退了。

王二成功愚弄了警察，越想越好笑，他把这件事告诉了最好的朋友张三。

张三惊讶不已，他说："你胆儿真大，连警察都敢愚弄，这是扰乱公务，警察知道了会来抓你的。"

王二害怕警察突然找上门来，吓得半宿没睡好觉。

第二天，饱受折磨的他决定去派出所自首。

来到街上，他一眼瞥到了当天的报纸，一个熟悉的画面吸引了他，旁边还有一行大字：湘江桥下惊现炸弹，拆弹专家成功拆除。

王二蒙了。

"警察也过愚人节吗？"他自言自语道。

在路上

上车不到五分钟,我就发现钱包丢了。

车厢里人很挤,一个挨着一个,我看看左右,有个三十岁上下,下巴上长着一颗痣的男人站在我身后,我没有声张,暗暗观察着他的一举一动。

不一会儿,我看到他的手又朝另一个口袋里伸去,那一刻我真想马上揭穿他,但看到他人高马大和一脸凶恶样,又怕出什么意外,可我的钱还在他口袋里,那可是我一个学期的生活费啊。想到此,我对着他咳了一声。

果然,小偷停止了动作,狠狠瞪了我一眼。

我迎着他的目光,小声说:"请你把钱还我,那是我的生活费。"

他装作没有听见,把脸扭到一边。我没有再说话,却依然死死盯着他不放。大概有几分钟,他从怀里掏出一把刀子按在我的肩头。车厢里乱哄哄的,我的个子又矮,夹在人缝里,没有人注意到正在发生的事情,或许是有人注意到了却假装没看见吧。我也没想到那时胆子怎么那么大,我说:"请你一定把钱还我,我是学生,我得吃饭。"在我的逼视下,他终于收起刀子,把钱还给我,而后匆匆下了车。

本以为故事就这样结束了,没想到两个月后,我又遇到了他。

我走在回家的路上,他和另一个人从对面走来,我一眼就认出了他。我想,坏了,他们一定不会放过我的。

我想逃跑,但发软的腿有点不听使唤。

我紧张极了,一颗心提到了嗓子眼,就在我们即将擦身而过的时候,他突然回头冲我笑了一下,那笑容很友好,似乎还有些腼腆,令我猝不及防。

"原来,他也会笑哦。"我想,可能他认出了我,可能他已经弃恶从善,可能他找到了一份新的工作并开始了新的生活,我假设了很多可能,并愿意相信这些都是真的。

玛丽之死

有一天，玛丽收到一封信，失踪了几十年的舅舅死在国外，临终前指定她为遗产继承人。

突然的好消息让玛丽欣喜若狂，舅舅的遗产是一片很大的农场，价值千万，就是说，从此以后她不用工作就可以享受荣华富贵，做一个风光的农场主了。

玛丽辞了小职员的工作，开始做着出国的准备，并把这个好消息告诉了她所有的亲戚和朋友。

临行前夕，她接到一个快件，说舅舅生前曾欠下巨额债务，农场已被收回。

仿佛从高空一下跌到了谷底，玛丽万分沮丧，走到哪里都感到有人在嘲笑她，甚至在朋友中间也觉得抬不起头来。

一年以后，玛丽得了抑郁症，死了。

执着 _

那天张三运气不好，下棋老是输，他觉得这都怪阿米，答应得好好的，怎么说不来就不来了呢。

张三心神不宁，他觉得应该去看看阿米，虽然阿米还没有正式答应做他的女朋友。

张三向阿米家走去，心里却在打鼓：见了她该如何说呢，说我想你了，不妥，太直白，万一人家还没有思想准备呢；说因为你不来我输了棋？这也不妥，棋下输了怎么能怪人家呢。

想着想着，张三停下了脚步，他觉得应该再好好想想，可不能因为一时的冲动把阿米刚刚对他积存的一点好感弄没了。

第二天，张三在单位见到了阿米，但阿米却像有什么心事，连个招呼都没打就匆匆离开了。张三很纳闷，转念又想，或许她今天心情不好，我不应该打扰他。

下班的时候，张三想约阿米一起吃饭，刚走出办公室，她看到阿米挽住王五的胳膊出了公司的门。

张三难受极了，转念又想，王五算个什么东西，阿米怎么能看上他呢，过不了多久他们一定会分手的。

后来，如张三所料，他们果然分了手。

但不久阿米又找了新的男朋友，那个男人叫张六。

张三很失望，但他没有放弃，他相信他的一片痴心一定能感动阿米，他等着她回头的日子。

等啊等啊，他等到了阿米和张六结婚的喜帖。

很多年过去了，张三还打着光棍，有人不解，问张三准备什么时候结婚，张三说，他还在等阿米，万一她离婚了呢？

清明

她来了，提着果篮，包着头巾，穿着那件洗得发白，样式早已过时的粗布长裙。她的脚有些跛，但走得很快。

终于到了，她轻轻蹲下。

"老头子，我来看你了。"她把果篮放到地上，先点起一根蜡烛，又拿出一些水果摆上，最后取出一沓厚厚的冥币。

"老头子，你还好吧。"她把冥币点燃，看着火苗在手上跳跃，口中喃喃自语，"本来我想早点来的，可是我们家的豆苗被黄羊吃了，我只好补种了一遍；还有，我们的小猫咪下了两个崽，胖乎乎的，非常可爱，我把它送给了邻居莫大妈和小英子，她们都很喜欢；家里那只芦花鸡已经会下蛋了，它每天陪着我散步，你不要担心我的身体，我每顿能吃一碗米饭……"

冥币已经燃尽，她的话还没有说完。

"老头子，自从你走了以后，我连个说话的人都没了，有人劝我再找个老伴，好有人陪着说说话，你说我能找吗？啊，你说啊，你怎么不说话，你要愿意我找，你就把蜡烛吹灭给我看看。"

老妇人话音刚落，一阵旋风吹过，蜡烛噗地灭了。

老妇人笑着抹起了眼泪："你个没良心的老头子，你还真狠心哪，我给你开个玩笑，没想到你还真舍得把我让给别人，我告诉你老头子，这辈子我就跟定你了，生是你的人，死是你的鬼……"

老妇人絮絮叨叨地说着，把蜡烛重新点起，微风里，火苗轻轻跳跃着，流下了几滴烛泪。

面子问题

晚上散步回来，看到小区对面的超市门前有个熟悉的身影，正从垃圾筒里往外掏东西。我认出是一位朋友的母亲。

朋友是个有名的大孝子，又是个公司经理，住着千万豪宅，开着豪车，最近也没听说他破产的消息啊，怎么……

这件事让我百思不得其解，一直想找个机会问问。

一次朋友聚会，刚好这位朋友也在场，他跟以前一样，满面荣光，侃侃而谈，我几次想说说那件事，都没找到合适的机会开口。聚会结束后，大家都忙着离开，他却喊来服务员，要来一个大袋子，把我们喝完的酒瓶和饮料瓶都装了起来。

"你怎么还要这个？"我问。

"是啊，"他看着我笑笑，"给我母亲捡的，她在农村时劳动惯了，闲不住，喜欢捡废瓶子卖，我给她钱多少都不要，说自己挣的钱花着高兴，这不，为了让她多高兴点，我和媳妇只好也帮着她捡。"

我被他的话感动了，本来还有一些话想说，顿时觉得成了多余。

有一天，跟下岗的邻居聊天，我又讲起朋友捡瓶子的事迹，邻居叹息道："唉，有时候我也想去街上捡瓶子，可以补偿点家用，可是我儿子正在谈恋爱，他不让我捡，说太丢面子了。"

我笑笑，表示理解。

可是，面子真的就那么值钱吗？

一早来了报案人

一大早，一个瘦子和胖子去派出所报案。

"警察同志，我们新买的摩托车昨夜里被人抢了。"

警察："看清楚抢车的是什么人吗？"

"看清楚了，"胖子说，"是个女的。"

"女的？"警察看了两人一眼，"你们两个大老爷们被一个女的给抢了？"

瘦子瞪了胖子一眼："是这样的警察同志，我们两个喝了点酒，半路上尿急，把车停在路上下去方便，结果过来一个女的，顺手就把车骑走了。"

这时，一阵摩托车声响，一男一女骑着一辆摩托驶进了院子。胖子眼尖，拉住瘦子兴奋地说："咦，那不是咱们的车吗，她来了。"

警察让他们先退到一边。这时，摩托车上的两人已经闯了进来，女的气喘吁吁地说："警察同志，我要报案。"

警察让她把事情的经过说一下。

女的说："我在郊区住，下夜班时，被两个人拦住了，我急中生智，把脖子上的项链摘下扔到了路边麦田里，那两个人去拣项链，我就骑着他们的摩托车跑了。"

警察把一边的两人叫过来，问："你认识他们吗？"

女子惊呼："对，就是他们，那项链可是我男朋友送我的订婚礼物，值一万多块呢。"

瘦子说："你说谎。"

胖子也说："你那条项链是假的，最多也就值个几十块钱。"

跟女子一道赶来的男子瞪着胖子说："你胡说。"

胖子说:"嘁,你这手段也就只能骗骗你女朋友,骗不了我们。"

女子甩手给了男友一耳光:"好哇,你敢骗我?我要跟你分手。"说着跑出门去。

男子赶紧追了出去。

瘦子和胖子急得在后面喊:"给你项链,你们快把车钥匙还给我们。"

警察也出来了,他说:"给你们,钥匙在这里。"

两人一回头,看到警察手里拿着一副锃亮的手铐。

尴尬的约会

小郭跟女友第一次约会，为了使自己形象更高大些，他从影楼租了一套"警服"。

小郭穿着警服走在路上，一辆吉普车悄然停在身边，车上下来一名臂章上绣着"执勤"字样的人，自称是督察，说要检查小郭的证件。

小郭傻了，说了半天好话，结果被以私了的方式罚了五百块钱。

督察走后，小郭无意中发现他开的车没有车牌号，怀疑遇到了"冒牌货"，越想越窝火，就拨通了110，报了警。

小郭见到女友，看到她长得面若桃花，娇羞可人，不禁心花怒放，把刚才的不快都忘记了。

为了让女友对自己有好感，小郭把刚才亲历的事件经过加工，编了一个故事，说自己刚才遇到一个假督察行骗路人，是他路遇不平，拔刀相助，把骗子送到了派出所。没想到女友来了兴致，非要跟着他去派出所看看那骗子长什么样。巧的是，小郭刚好接到派出所电话，说他报警的那个人抓到了，现已经带回派出所，让他过去指认一下。

小郭大喜，正好可以借此显摆一下。

他领着女友到了派出所，一进门，一眼就认出了那个骗他钱的假督察，他告诉一旁的女友，说："你看，他就是我说的骗子。"

假督察也看到了小郭，他说："什么？我是骗子，你也不是个好东西。"又对一旁的警察说，"他这警察是冒充的，你们不要让他跑了。"

小郭想解释一下，却不知该从哪里说起。这时，他看到一个警察拿着手铐朝他走来，又看到女友捂着脸跑了出去。

"完了。"他在心里叫了一声，腿一软，瘫坐在地上。

一块钱的故事

甲和乙同时找到了一份薪酬相当可观的工作。

周末朋友聚会时,大家纷纷向他俩表示祝贺,甲却大倒苦水,说为了谋得这一职位,他送了多少礼,请了多少客等。有人看看一旁的乙,问他送了多少礼,乙说就送了一块钱。大家都以为他在开玩笑,乙却说是真的,接着他给大家讲了一个故事。

"这事得从几年前说起。那天,我在超市买完东西排队付款,排在我前面的是个瘦弱的女人,她只买了几件生活必需品和一小袋我见过的最便宜的肉。她把那些东西放到柜台上,紧张地盯着收银员手里的扫码机。价格扫出来后,她翻遍了身上所有的口袋,还差一块钱。这时,我听到她小声恳求那位收银员能否让她先把肉拿走,第二天再送钱过来,可收银员冷漠地拒绝了她。我看到她的眼睛里充满失望,不得不把那袋肉退掉。看到这个情形,我弯下腰从地上捡起一块钱递到她手里,说'这是您掉的一块钱,请拿好。'"

"她知道那一块钱是你的吗?"

乙说:"我倒没想过这个。"

"后来呢?"

"后来我去这家公司应聘,刚好遇见了这个女人。巧合的是,她刚好是经理的夫人。"

多看了她一眼

张三给李四打电话。

哥啊，我搬新家了，楼上住了个漂亮女人。

好事啊，恭喜你。

好个屁啊，我就多看了她一眼，麻烦来了。

怎么，挨打了？

挨打倒没有，但从此被她缠上了。

能被美女纠缠求之不得啊。

她把我写作的时间都占用了，老让我帮她干活，今天买菜，明天换煤气，后天洗衣服，尤其是最近，她不但把自己的活计交给我，还把朋友的活也揽给我干，实在受不了了。

受不了就搬走吧。

可是，这里的房租便宜，环境又好，我实在舍不得搬啊。

她一定觉得你看上她了。

天地良心，我就多看了她一眼……

如果是这样，我帮你出个主意，你，再多看她几眼。

哥啊，你可别害我，我上次只看了她一眼就招来了这么多麻烦……

没事，你听我的。

几天后，张三又打来了电话。

哥啊，你可害苦我了。

怎么了？

你让我多看她几眼。

你看了吗？

看了。

后来呢？

呜呜，美女吓跑了。

跑了好啊，跑了不就没人打扰你了吗？

可是，我天天都在想她，哪还有心思去写作啊！

思考致富

书呆子张三从书上看到一句话"思考可以致富",顿时欣喜若狂,认为终于找到了一条最简单的致富门路。

那么,思考些什么呢?

他想,应该先从自己最关心的事物着手。

于是,他开始思考:为什么地球是圆的?月球上到底有没有人?天上落下的雨点为什么不一样大?就连伊拉克跟美国为什么会打起来也在他的思考范围之内。

有一天,妻子看不下去了,说家里连买盐的钱都没了,劝他不要胡思乱想,赶紧去找个工作。

张三置之不理,认为老婆是妇人之见,头发长见识短。

老婆一气之下回了娘家。

有一天,张三一边走路一边思考兔子为什么比人跑得快的问题,突然发现路上有张百元大钞。他欣喜万分,觉得上帝终于开眼了,是思考给他带来的财富。

从此,张三更加着迷,他每天沿着马路来来回回地走,一边思考问题,一边等着继续捡钱。

这天,一辆汽车刹车失灵,司机拼命鸣笛,其他人都闪开了,唯独张三沉迷于思考中没有听到,车从张三的身上轧了过去,张三死了。

张三的老婆致富了,她得到了司机赔偿的一大笔钱。

第八辑

花儿笑了

花儿笑了

两名电视台的记者到山区采访,在村民的指引下,他们来到一户贫苦人家。

这户人家只有一位老人和一个女孩。女孩叫花儿,刚刚九岁,父母因为车祸都去世了,现在她跟八十岁的爷爷在一起生活。

记者把摄像镜头对准了低矮的茅屋,破败的围墙,当然,还有多病的爷爷和瘦弱的花儿。

花儿的衣服明显小了,套在身上紧巴巴的,上衣还掉了一个扣子。她有些拘谨,躲在爷爷身后不肯出来

"去,孩子,听爷爷的话,站到镜头下面去。"

"不,我不想让他们拍我。"

"只要你上了电视,就会有人给你们捐款,到时候你就有新衣服、新鞋子,还会有新书包、巧克力……"记者说。

女孩的眼睛亮了一下,当她看到黑洞洞的摄像镜头时,眼睛里又闪出一丝惶恐。

"不,我什么都不想要。"女孩突然捂住脸,泪水从指头缝隙里流了出来。

两名记者愣了。他们想不通,这孩子怎么这样?对于穷人来说,这可是个摆脱苦海的好机会啊。

女孩的声音传了过来,很小,却很清晰。

"爷爷,我们上了电视,村里人会看到,老师和同学们也都会看到,我不想让大家可怜我,我会好好学习,长大挣很多很多的钱,我们不会一直穷下去的……"

爷爷哭了,记者的眼眶也红了。

他们悄悄收起摄像机,临走时,把身上的钱偷偷留给了爷爷。

"对不起,孩子,"记者与花儿告别,"你是好样的,好好学习,以后我们会经常来看你!"

花儿笑了,笑得很灿烂。

蒲公英的眼泪

调皮的风儿掳走了蒲公英妈妈的两个孩子,把姐姐丢进了青草地,把妹妹安放在农民伯伯的田地里。

在阳光雨露的滋润下,她们开始膨胀发芽,很快露出了尖尖的小脑袋。姐姐和妹妹遥遥相望,虽然不在一处,但离得并不远,彼此都能看到对方,她们开心极了,相互呼唤着对方的小名,撒着欢地噌噌往上长。

一天,草地上来了几位年轻人,一个女孩发现了姐姐,她惊喜地叫喊起来:"你们快来看啊,这就是书里说的蒲公英,美丽的会飞的蒲公英!"一旁的男孩对着她深情地吟诵起来:"啊,美丽的蒲公英,你是春风的衣裳,大地的新娘,带上你的希望吧,揣着你的梦想,随风飘荡,自由飞翔——"

然后,几个人开始争抢着与她合影留念,撒落了一地的欢声笑语。

妹妹羡慕极了,她盼望有一天,自己也能像姐姐一样受到人们的礼赞和宠爱。

这天,大地刚刚在沉睡中苏醒,妹妹听到一阵脚步声由远而近,透过露珠的眼睛,她看到一个身材高大的人朝自己走来,她激动极了,拼命舒展着自己的枝叶,摆起最动人的舞姿,娇羞地望着来人。可是,她失望了,那人发现她后,突然把眼睛瞪大,骂了一句:"该死的,怎么长到这儿。"然后,举起了锄头。

姐姐听到了妹妹临死前的叹息:"我哪儿错了,为什么会这样?"

姐姐流泪了,她也不明白。

笑街

　　张三是个浪漫的人，他幻想着过一种桃花源般的生活，可现实总是与他所想的格格不入，张三很压抑，他决定出去走走。

　　街道很整洁：路是新修的，房子是新盖的，街上的行人他也从来没有见过。

　　张三突然发现，街上所有的人都笑眯眯的，他很奇怪，就拉住一个人询问。

　　那人看了他一眼："你是新来的吧？这条街就叫笑街，所有的人都要微笑。"说完四下看看，紧张地提醒他，"你也赶快笑起来吧，不然，警察会抓你的。"

　　张三咧了咧嘴巴，好久不笑了，肌肉有些僵硬。

　　张三正在那里学笑，突然有人在背后撞了他一下，回头一看，撞他的人正对着他笑呢。

　　看到笑脸，张三决定不跟他计较。他刚转过身，那人却说："挡道的家伙，撞死你活该。"

　　张三很生气，这人怎么这样说话呢。正要与他理论，突然有人过来抢他的钱包。张三在后面追，一边追一边大喊："有人抢包啦，快抓贼啊——"

　　街上的人像看戏一样看着他们笑，却没一人肯过来帮忙。

　　张三很失望，拼命追上去，搂住了抢包贼的腰，贼挣了两下没挣开，他突然掏出一把刀……

　　张三昏过去之前，只看到贼的笑脸在眼前模糊地晃。

决斗

公交车司机赵大伟文质彬彬，爱岗敬业，年年被评为工作标兵。

这天，车刚刚启动，有人便追着在后面喊："快停下，我要上车。"赵大伟连忙把车停下，打开车门，上来一位大个子男人，他看了赵大伟一眼，挥挥手，说："开车吧，我不用买票。"

赵大伟看那人满脸横肉，嘴里还喷着酒气，又瞧瞧自己的瘦胳膊瘦腿，心想，算了，好汉不吃眼前亏。

第二天，那名大个子又来了，一上车还是那句话：不用买票。

赵大伟刚想说什么，见那人把手探进了怀里，好像要往外掏什么。赵大伟连忙移开眼睛，心想，看来这人不是善茬，多一事不如少一事吧。

此后，这名乘客好像认准了赵大伟似的，每天都来蹭这趟车。赵大伟心里憋屈，却只得打掉牙往肚里咽。更可气的是，后来他又带来了一名同伴。

赵大伟受不了了，这也太欺负人了吧，再多带几个人来，这车就成他们家的了，我这司机还怎么当？

受人欺负的滋味真不好受，赵大伟思虑几天后，决定利用业余时间学习拳术。为此，他还专门拜访了本市有名的拳击教练，制定了周密的学习计划。

半年后，赵大伟已经不是原来的赵大伟了，他看着自己的一身悍肉，心想，决斗的时刻到了。

这天，车刚启动，大个子和他的同伴又挤了上来。

赵大伟直视着他们说："你们，请买票！"

大个子一愣："我不是告诉过你吗，我们不用买票！"

赵大伟已经做好了准备,他毫不示弱:"你们今天必须买!"

"切,这人真麻烦。"大个子厌烦地说着,把手伸进口袋,掏出了一张月票。

房奴

"妈妈妈妈,丫丫的爸爸又带她去吃肯德基了,我也要去……"
她把一根冰棍塞到女儿手里。
"听话,乖,等妈妈有钱了领你去吃麦当劳。"
"妈妈妈妈,月月的花裙子好漂亮,我也想要……"
她从衣柜里把自己那套最喜欢的连衣裙找出来,拿出剪刀"咔嚓"剪成两截,给女儿改成了小号的,再用粉红的丝线细细地绣上一朵小花。
"好孩子,先穿上,等妈妈有钱了给你买更漂亮的。"
"妈妈妈妈,强强的妈妈又带强强去动物园了,我也想去……"
"走,妈妈带你去。"
她拉着女儿的手出了门,女儿像小鸟一样欢呼雀跃。
阳光明媚,这里绿树成荫。
"妈妈妈妈,你不是说要带我去动物园吗?这里怎么是一片房子啊?"
"好孩子,这里比动物园好看,这儿是我们未来的家啊。"
"不,妈妈,我想去动物园,我要去看白天鹅和大象。"
她有点不耐烦了。
"听话,等妈妈将来有钱了再带你去。"
孩子不闹了,小脸红扑扑的,眼里含着泪。
"妈妈,咱们什么时候才会有钱啊?"
她愣了一下,开始在心里默默算一笔账。
她今年三十三岁,等还完三十年的房款就六十三了。人生好短哦,还完房款就能攒点钱了。想到这里,她的嘴角掠过一丝笑。

她看了看身边的女儿，等她还完房贷后，女儿刚好也是三十三岁，她不会也买房吧，如果也贷三十年的房款，还有女儿的女儿，天啊，她不敢想下去了……

一个人的战争

小城沦为殖民地后,有个敌军的大尉领着几个兵住进了他们家。大尉很客气,士兵们看起来也不是很凶,尽管这样,他们还是很小心地伺候着,生怕有一点疏忽会招来杀身之祸。

但祸端还是发生了。那天丈夫刚刚出门,一脸胡子的大尉就把她压倒在床上,她拼命呼喊着丈夫的名字,她知道他还没有走远。果然,她听到了丈夫急促的脚步声,但丈夫的身影只在窗外闪了一下就不见了。

世界静寂下来,她绝望了,停止了反抗,一动不动地任大尉撕扯她的衣服,泪水无声地在脸上流淌。

大尉看到她的泪水,愣了一下,竟然掏出手绢,温柔地为她擦拭起眼泪来。然后,把她的衣服整好,鞠了一躬,慢慢退出门去。

后来,丈夫回来了,她期待着他会问点什么,但他只是看了看她通红的眼睛,最终什么都没问。

她依然每天都能见到大尉,也有数次与他独处的机会,但大尉再也没有对她做过什么,只是偶尔会用爱怜的眼神望她一眼。

她从大尉的眼神里感觉到一种安全,甚至还有一些幸福。她为自己的感觉感到惶恐,也感到不可思议,觉得是一种罪恶。

她每时每刻都在这种罪恶感里挣扎。

后来,大尉要回国了,想把她带走。她连连摇头,她说她还有丈夫,这里就是她的家。

就在那天晚上,大尉把她的丈夫杀害了。

当她看到丈夫的尸体后,心凉了。愧疚,哀怜,仇恨一起涌上心头,她趁大尉不备,抽出大尉的刀,发疯般朝他的头上砍去……

一个惨淡无月的晚上,她去掩埋两个男人的尸体。

战争结束后,她给两人都立了墓碑,并定期去祭奠。

有人问,地下两位逝者是谁?

她淡淡地说,都是亲人。

拯救

他面前竖着一个纸牌，纸牌上写着：我的儿子患了白血病，无钱做手术，他还小，我不能眼看着他幼小的生命就这样凋零，求好心人帮助。

路上行人如织，他跪在纸牌后面，头埋得很低。

半天过去了，他的腿已经发麻，肚子也开始叫唤，却没一个人在他面前停留。

想起正在医院躺着的儿子，他把头抬了起来。

"好心人，救救我儿子吧，他患了白血病，需要钱移植骨髓……"

他一遍遍喊着，嗓子哑了也不肯停下来。渐渐地，他身边围拢了一些人。一些刺耳的声音开始不断地钻进他的耳里。

"一个大男人，不缺胳膊不缺腿的，干点啥不好，非要到大街上当乞丐，真丢人。"

"为了骗点钱，竟然诅咒自己的儿子，真缺德，良心让狗吃了吧。"

"哗啦！"有人踢倒了纸牌，纸牌后面的小箱子也歪了，里面掉出一本书和一个红本本。

他把书捡起来，捧在手里，向围观的人一个个解释："我不是骗子，你们看，这本书就是我写的，这有我的名字，我是个作家。"

"呸，竟然还冒充作家！"

"不会吧，连作家都出来骗人了？"

他看人们不相信，又把那个红本本举起来说："我曾经资助过十几个山区孩子，这是捐赠证明，你们看，你们看啊……"

"喊，这年头，什么不能是假的？谁还信这个！"人群里发出一阵哄笑。

在大家鄙夷的目光里，他觉得自己越来越小，一个叫尊严的东西撒了一地，他的头又深深地垂了下去。

等他抬起头，人群已经散了，有几个孩子站在他面前，每人捧着一把零钞："叔叔，这是我们积攒的零花钱，你快拿去救哥哥吧。"

他的心里一热，眼泪流了下来。

一条深海里的鱼

她是一条鱼,一条生在大海里的稀有的红鱼。

她的家很大,伙伴也很多,但她一点也不快乐。

有一天,她悄悄离开伙伴,独自向远处游去。游啊游啊,不知过了多久,她竟然游到一条小河里。这里的鱼儿都很仰慕她,把她当成公主,像欢迎贵宾一样欢迎她,她的虚荣心得到了极大满足,把这里当成了快乐的家园。

可没过几天,她就有了新的烦恼。这条小河和她以前的家(大海)比起来,简直太小了。太阳每天把河面烤得很热,水里很闷,她隔一会儿就要出来透透气。水里的食物也很少,刚找到一点吃的,就被别的鱼类抢了去。她不屑与他们争抢食物,所以,就只能饿着肚子。她已经饿了好几天,再也坚持不下去了,就在她准备逃离的时候,发生了一件意想不到的事。

这天中午,她闷得实在受不了,刚探出头来,就被一张大网给罩住了。后来,她被一双大手放到了鱼缸里。

开始她很恐惧,但后来却发现这里很自由,因为每天都有人及时给鱼缸换水,食物也很充足,她不用担心饿肚子,也不用担心会被闷着,她很满足,觉得这里简直就是天堂。

但时间一长,她又开始厌烦了。

整天在小小的水缸里游来游去,实在太孤独了,她开始想家,想她在大海里的兄弟姐妹。

终于有一天,她攒足力气,奋力一跃,跳出了鱼缸。

紧接着,她被重重地摔在坚硬的地板上。

她张开嘴巴呼喊,但没有人能够听懂她在说什么,她后悔了,想再跳回去，但已经不可能了。

　　时间一分一秒地过去，她在深深的绝望中闭上了眼睛。

　　她是一条鱼，一条曾经生长在大海里的稀有的红鱼。

年根儿 _

　　老马在村口遇见了小张，小张跟老马的儿子为民在一个城市打过工，他告诉老马，说为民找了个漂亮女友，是四川的，让他捎信回来，今年他们要一起回来过年。

　　老马如缩水的丝瓜突然注入了水分，又惊又喜。儿子是他的一根独苗，初中一毕业就出去打工，已经好几年没回来团聚了，老伴因为想念儿子得了精神病，天天嚷着要去找他。

　　老马掰着指头算算，离春节还有一个多月。为了方便接听儿子的电话，他去一处工地下力，挣了三百块钱，从一个小贩手里买回一部旧手机。回到家后，又卖掉家里的一头猪，用卖猪的钱翻新了房子，房子是儿子的脸面，老马可不愿给儿子脸上抹黑。

　　还剩下一些钱，他准备给媳妇做见面礼，媳妇头一年过门，一定不能太小气。

　　为了把年过得丰盛些，老马把家里的最后一头猪也杀了，眼看年根就要来到，该备的年货也已备齐，儿子咋还不回来呢？

　　大年二十九的上午，儿子的电话终于来了。

　　"爹，我今年回四川过年，您二老不用等我们了……"

　　老马的手有些抖，嘴唇哆嗦着，等他好不容易能说出话来时，那边的电话已经挂了。

作家的眼睛

有个爱好写作的年轻人,他阅读过很多书,也游历了不少地方,却仍为找不到写作的素材和灵感而苦恼。这天,他来到一个小镇,听说这里居住着一位德高望重的作家,便决定前去拜访求经。

接待他的是一位坐在轮椅上的和蔼老者。

年轻人说明来意,作家微笑着指指身后,"我的灵感就来自这扇窗。"他说。

年轻人好奇地把头伸出窗外,想一探究竟。

"你看到了什么?"作家问。

"一些梧桐树和普通的民居。"他老实地回答。

作家摇了摇头,他指着窗外说:"你看西边来了个货郎,他走路都带着笑,说明今天生意一定不错;那边一个小孩子跑得那么急,哟,还摔了一跤,你瞧,他竟然没有哭,一定急着买什么东西,小孩后面又跑来一个颠着小脚的老太太,一定是老人不放心孙子;再看那边,那个骑摩托车的小伙载着一个俊俏姑娘,走着走着却停下了,他们一定在斗嘴,你看那神色;还有那边……"

他心里在嘀咕,这些都是凡俗小事,怎能激起写作的灵感呢。

作家仿佛猜透了他的心思,说:"打开你的心窗,你会发现你每天面对的是一座宝藏,那里有源源不断的素材在等你发掘……"

过了一会儿,窗外安静下来。

作家又说:"你看,那边的梧桐枝丫上探出了几抹新绿,风儿正从它们身上轻轻滑过,树梢在摇摆,鸟儿在歌唱,还有那边石阶旁新冒出的草芽和苔藓,它们每天在我面前快乐地生长……"

他若有所悟。

作家拍拍他的肩："作家要有一双与常人不一样的眼睛，"作家指了指他的心窝，"它们长在这里。"

　　年轻人恍然大悟，深深鞠了一躬："谢谢前辈，我懂了。"

梦醒时分

阳光洒满房间的时候,他听到了一两声鸟鸣,但他没有睁开眼睛。他正在做一个梦,一个让他魂牵梦绕的梦,他在梦里笑了一夜,这个梦让他舍不得醒来。

后来,他还是醒了。但他不愿意起来,他睁着眼睛对梦里的情景细细地回味。

人生真有意思,他想。如果生活真的能像梦里那样该多好啊。

真应该好好规划一下,他躺在床上,想了很久,把自己的人生计划得满满当当的。

后来,他想累了,又迷迷糊糊地睡了过去。

他又做了一个同样的梦,在梦里,他笑得更加灿烂。

后来,他老了,当他醒悟过来的时候,才发现,他做了一生的梦。

一片苦心

大民工作忙，平时没有时间给老婆买礼物，为此落下了不少埋怨。

五一假期，公司派他到外地出差。又不能在家陪老婆孩子过节了，大民心里很愧疚，趁出差的间隙，他去商场转了一圈，看到一条白底蓝花的连衣裙很漂亮，虽然价格昂贵，但为了讨老婆开心，他还是买了回来。

回到家，老婆看到裙子果然很高兴，说大民心里终于想着她了，夸了一番裙子如何漂亮后，问价格是不是很贵。大民如实相报，老婆心疼得直跺脚，说以后千万别再买这么贵重的东西了，多浪费啊。大民以为老婆心疼钱，就说，多少钱花在你身上都是值得的。把老婆说得笑成了一朵花。

可是，大民发现老婆白天上班的时候并没有穿那条裙子，直到晚上才换上臭美一番。他以为老婆舍不得穿，就动员了几次，但老婆总是看着他妩媚地一笑，什么都不说，让大民摸不着头脑。

周末，老婆的同事阿丽相约一块去买衣服，大民正巧也没事，就陪着一起去了。中午在外吃饭时，大民喝了点酒，回来的时候由老婆开车，他躺在后座椅上睡了。

阿丽羡慕地说："瞧瞧你家老公多体贴，逛街也陪着你，我家那位拉都拉不来，不过，不来也好，他给我参谋的服装能土得吓死人。"

大民听了这话很受用，他假装睡着，没有吭声。

这时，他听到老婆"嘘"了一声，说："我家这位更土，上次出差给我买了套裙子，土得掉渣，价格还贵，害得我只敢晚上穿。"

大民正想质问老婆为什么骗他时，又听到了老婆的声音："我没有埋怨他，主要是不想打击他的积极性。"

重生

"太丢人了，"他看着被翻空的口袋，抚摸着生疼的脸颊，又羞愧又懊恼，想起刚才的一幕，觉得活下去简直是一种耻辱。

他来到一条河边，毫不犹豫地跳了下去。当他就要被河水淹没时，有只手把他拉了回来。

"救我你会后悔的。"

"为什么？"

"我是一个小偷。"

"没听说过小偷来寻死的。"女子咯咯笑起来，一边笑一边打量他。

"真的，我真是个人见人恨的贼，"他坐在岸上，头垂得很低，"刚才在行动的时候被抓包，我还被人打了几巴掌，我真没脸活下去了。"

女子似乎相信了他的话，站起来要走。他上前拦住了："让我帮你挑一回水吧，你救了我的命。"

女子瞪了他一眼："我最恨小偷，真后悔救了你。"

女子走了，饥饿和强烈的求生欲望让他忘记了来此的目的，他脱下湿漉漉的衣服搭在肩上，朝着与女子相反的方向走去。

"嗨，你要去哪里？"女子回头喊他。

"去车站。"

"还去偷吗？"

"我又不会做别的，我得弄点钱吃饭。"

"你过来，"女子把水桶放下，"我那边有个菜地，你帮我挑水吧，我请你吃饭。"

他顺从地接过女子手中的扁担，心里暖暖的。

他白天帮女子挑水，晚上住在地头搭起的窝棚里，到了饭点，女子会按时把可口的饭菜送到地头。

两年后，他成了这一片有名的菜农，别家有什么种菜上的难题都喜欢向他请教，他乐于助人，从来不计较回报。在人们眼里，他是一个善良宽厚的人，没有人知道他原来的身份，除了那名女子。当然，女子是不会告诉别人的，她现在是他的妻子了。

异乡人

走在路上,空气突然变得稀薄了,我感到很压抑,很闷,很想逃,但我的腿像灌了铅,浑身软绵绵的,没有丝毫力气。我想喊,喉咙却像被人扼住了似的,发不出一点声音。我茫然四顾,周围的人都在忙着自己的事情,没有人愿意多看我一眼。

这时,天上的云陡然变黑了,幻化出各种妖魔的形状,张牙舞爪地朝我扑来,我惶恐地后退,突然,后面有个什么东西绊了我一下,我跌倒在地,眼前一片漆黑。

恍惚中,有一个人冲过来,扭住了我的胳膊,我努力反抗,挣扎……

第二天,我发现自己躺在医院里。

我问医生,是谁把我送到了这个地方?

医生说,是一个陌生人,他还说如果再晚来几分钟,就……

我向医生详细询问了那人的声音、长相,我要把他的样子牢牢记在心底。

从医院出来,我又回到了当初的地方:微风轻拂,阳光明晰,街道两旁的梧桐树威武地矗立着,像两排扛枪的卫士。那一刻,我突然觉得这里的一切是那么熟悉,那么亲切……

我站在树下,一动不动,手里举着一个牌子:病在异乡,寻找我的救命恩人。

与一棵树有关的爱情

他喜欢她很久了,却一直羞于表白。

下课的铃声一响,他就赶在她前面跑出校门,藏匿一棵树后,看着她从学校里慢慢走出,裙裾飞扬,袅袅婷婷。

他屏住呼吸,闻着醉人的茉莉花香,目送着她的背影渐渐远去,这是他一天中最幸福的时刻。

每天晚上,他都会想着她的模样甜蜜地睡去,在梦中与她约会、倾谈。

直到有一天,她的身边多了一个男孩,他们依偎着从学校里走出,温馨而又亲密的样子让他心碎。

他把脸贴在树上,心里像被掏空了一样难受。尽管如此,每天放学后,他依然喜欢在树下待一会儿,等待对于他来说已经成为一种习惯。

有一天,女孩一个人从学校里出来,经过他身边时突然停下,问道:"同学,你是在等我吗?"

他的大脑突然一片空白,慌乱中摇了摇头。

女孩黯然离开,不久,听说她转学了。临走时,女孩跟每一位同学写了留言,唯独没有他的。

他很伤心,不久也退学去当了兵。

后来,他有了女朋友,女孩的影子渐渐从他的记忆里淡去,唯有那棵树,总是站在他的记忆里,随着时间的推移,越来越清晰。

不是不想爱

16岁那年，她喜欢上了班里的同学保尔。

她每时每刻都想看到他，倘若哪一天保尔没来或者来晚了，她会像丢了魂一样坐立不安。保尔情绪不佳时，她也会难过得想哭，倘若保尔脸上出现了笑容，那一天便成了她的盛大节日。

但保尔似乎并没有过多注意过她，他经常跟班里那个会唱歌的女孩在一起，她很伤心。为了引起他的注意，她用两个月时间偷偷学会一首歌，并报名参加了学校里的文艺汇演。

演出那天，她获得了成功。

她的嗓音圆润甜美，清丽婉转，让许多人惊奇不已，当她用眼角偷偷瞄向保尔时，却发现他正在打瞌睡，她伤心欲绝。

放学后，她沿着河边慢慢走，越想越难过，觉得活着实在没有意思，她跳进水里，一步步朝河的深处走去。刺骨的河水渐渐没过她的脖颈，她惊醒了，脑海里闪出一个想法：为什么不跟他一起死？

第二天，她穿戴整齐，在他必经的路上等他。

他果然走来了，一边走一边哼着歌，一副桀骜不驯的样子。

他一直都是这样子的，可是，她喜欢。

她轻轻地叹息，这是最后一次喜欢了。

她收起忧伤的面孔，努力笑着朝保尔迎过去。保尔也看见了她，似乎有一点意外，朝她挥挥手，好像有什么高兴的事正要告诉她。这时，她看到一辆卡车突然从保尔的背后冲过来。

"快闪开！"她大叫一声，保尔愣在那里，她疾步上前，把发呆的保尔推到了一边。

卡车像一只脱缰的猛兽，她倒在了血泊中……

第九辑

诚信无价

诚信无价

中秋节那天,单位发福利分了一箱苹果,正巧那天我值班,就在单位附近找了辆拉客的三轮,说了详细地址,请他送到家里去。

第二天回家,我发现他根本没有把苹果送来,而且人也消失了,一连两天,都没再看到他的人影。

我心里很难受,难受的不是失去了一箱苹果,而是不该那么轻易地去相信一个人。

第三天下午,有人敲我家的门,一个中学生模样的女孩子抱着一箱苹果站在我家门口。

"对不起,"她的脸色泛红,额角淌着汗水,"我哥哥出车祸了,您让他送的苹果也全撞坏了,他今天一醒来就让我去重新买了一箱。"

"哦,原来是这样啊!"我的眼睛顿时湿润了。

从女孩嘴里我还得知,她在农村老家上中学,父母体弱多病,她的学费都是哥哥用载客挣来的钱给她交的。

我让女孩进屋坐坐,喝口水,她连连摇头,说哥哥在医院还等着她照顾呢。

看着女孩跑下楼,我愣了一会儿,追上去,我说:"等等,我陪你一起去。"

马路上买了三斤枣

下班途中,一个卖枣的小贩拦住了我。他从包里掏出五毛钱,对我说:"钱,你的钱。"看我不明白,又说:"前几天你买了我的枣,该找你五毛钱,你没有拿,我等你好几天啦。"

我愣了半晌,怎么也想不起什么时候买过枣,于是我把钱退还给他,并告诉他认错人了。但小贩抓住我车把的手一直不松,非说他没有认错,一定要我把钱收下,还说如果不收下他就不会安心。

我被他的真诚感动了,钱虽少,代表的是一种诚信,现在这样的生意人真的不多了。都说马路上的小贩心黑手辣,看来也不全是,但白拿了他的钱,我也过意不去,再看他车里的枣,一个个油光闪亮的,瞅着挺馋人,我决定买几斤回去。

小贩见我要买枣,很热心地帮我挑了三斤,称好,装进袋子,恭恭敬敬地放到我的车筐里。

一路上,我都被这件事感动着。被别人感动,也被自己感动。

回到家,我得意地冲妻子扬扬手中的枣,并把路上发生的事详细地讲给她听。没想到妻子一脸的不屑,她说:"别人把你卖了,你还帮别人数钱呢。"

我有些糊涂,妻子找来了秤,三斤枣只有两斤重。

"看见了吧?"妻子瞪了我一眼,"这是新兴的骗术,你上当了。"

想起小贩憨厚的脸,我心里很不是滋味,想回去找那小贩,又不忍心戳破他那美好的骗局。唉!吃一堑长一智吧。

我把枣倒进一个盆里,端到厨房去洗,没想到清水越来越红,把红水倒掉,变成了一盆绿枣。

我的脸也绿了。

一举两得

林小北开了家超市，月底盘账的时候，却发现没赚到钱，原来店里的东西大都被赊出去了。

都是一个镇上的人，抬头不见低头见，要钱吧，磨不开面子，不要吧，再拖下去他实在吃不消，为此林小北大伤脑筋。

这天，林小北出去进货，回来时发现超市门口围了不少人。走近一看，原来门前挂了个大牌子，上写着：小本生意，因资金周转困难，请赊账者三日内把钱送来。下面密密麻麻地写了一排赊账的人名。

林小北一看字迹，就知道是老婆写的，这不是得罪人吗？他慌忙把牌子摘下，正要拿回屋，抬头看到村长正笑吟吟地朝这边走来。

村长上个月才从他这里赊了十条烟，属于资深赊账大户。

林小北怕村长看见，慌忙溜进屋，没想到村长后脚就跟了进来，他爽快地掏出一沓钱塞到林小北手里，拍拍他的肩膀说："兄弟，真够意思，以后有啥困难只管跟哥提。"

这一巴掌把林小北拍迷糊了，他望着村长离去的背影仍惊魂未定。这时，老婆从外面进来，盯着他手里的牌子说："你怎么摘了？赶快挂上。"

"我看你把人都得罪完了，咱这生意以后还咋干？"林小北又气又怕。

妻子神秘一笑："傻瓜，你没看见上面那些人名都是假的？真正欠钱的人我一个都没写上。"

林小北这才注意看牌子上的字，他恍然大悟，抱着老婆，使劲亲了一下，说："亲爱的，你这叫过河的洗脚——一举两得啊！"

鹬蚌相争

有一天，王麻子在商业街溜达，看到卖洗发水的张三生意火爆，就动员他的朋友李四也来卖洗发水。

李四经过摸底考查，很快摸清了张三的售价和进货渠道。于是，在离他不远的地方也租了个摊位。但李四的生意远远不如张三，他感到很苦闷，就请王麻子给他出谋划策。王麻子说："你做个招牌，上面写着'绝对正品'，再把价格降低一些。"

这一招果然奏效，李四的生意渐渐有了好转。

张三看在眼里，就去找李四商量，公平竞争，不要打价格战。

李四说："你做好你的生意就行了，不要多管闲事。"

张三看协商不成，只好把价格降得更低。

为了从气势上压到张三，王麻子又帮李四策划一番，请几个人在街头搞起了宣传促销：洗发水大甩卖啦，走过路过不要错过啊……

张三很快唱起了对台戏，他不知从哪里弄了个高音喇叭：洗发水，买一送一……

李四也不甘示弱：洗发水大处理，买一瓶送两瓶……

可是，尽管李四那边使出了浑身解数，依然没赢过张三，一打听，张三那边的洗发水买一送五。当然，张三也不甘认输，他想出了一个狠招，凡给他捧场的顾客免费赠送。

就在两人斗得难分难解的时候，两位穿工商制服的人把他们带走了，原来有人举报他们的洗发水是假货。

第二天，张三和李四都去交了罚款，摊位也撤了，商业街终于安静下来。

不久，王麻子的日化店开张了。

一件小西装

这天，裁缝吴三的店里来了一名年轻的顾客，他拿出自带的布料，要求吴三为他裁剪一件小西装。吴三看这块料子皱巴巴的，质地很差，刚要拒绝，年轻人说："我就喜欢这样的布料，你只管按我的要求做就行了。"

吴三想，人各有喜好，顾客就是上帝，应当尊重他的意见。就拿起料子，比画了一下尺寸，认真地裁剪起来。

那顾客也不离去，在一旁指指点点地看着吴三把衣服裁好，又要求他把袖子做成一个长一个短，扣子钉成一个高一个低。吴三正要提出异议，顾客说："这是时尚，我就喜欢这样的。"

吴三不好再说什么。

衣服做好以后，顾客穿上，在镜子前照了又照，直到露出满意的笑容，吴三才放下心来。

年轻人付了钱，却没有马上离去，他拿出一本书，在吴三的缝纫店对面津津有味地看起来。来往的人们看到年轻人那奇怪的装着，纷纷议论，年轻人也不辩解，只把衣领处"吴三制作"的商标翻到更显眼处。

久而久之，来找吴三做衣服的人渐渐少了。

吴三也觉察到年轻人对他的影响，想赶他走。年轻人说："我在这里等人，这又不是你家的地盘，你只管做你的生意就是了。"

吴三碰了钉子，心情很糟，对待顾客也没有以前耐心了，生意自然越来越差。最后竟不得不挂出了店铺转让的牌子。

后来，一对从山西来的夫妇接了他的店。临走前，吴三对还在对面看书的年轻人说："我要走了，你也该走了吧。"

年轻人说："你放心，我等的人也快到了。"

吴三走了以后，年轻人脱掉了那件西装，到山西人开的缝纫店里做了一名服务生。

马局长的酒

这天,马局长遇到一件蹊跷事,有人在他家门前放一箱酒,却找不到送酒人。

这是谁干的呢?为什么要采用这种偷偷摸摸的方式送礼?难道有什么企图?

马局长百思不得其解,他把单位里的人都过滤了一遍,觉得每个人都有嫌疑,他悄悄试探过几个嫌疑最大的人,但没有什么收获。后来马局长在各种场合都有意无意地提起这种酒的名字,并注意观察每个人的表情,可结果令他大失所望。更令他哭笑不得的是,一些朋友和下属还以为他好这一口,又接连把同种牌子的酒给他送来好几箱。

没有主人的酒连续送了一周后戛然而止,马局长的弦绷得更紧了,总觉得会有什么事情发生。

一天,马局长突然发现送来的那些酒都没了,就去问妻子,妻子说,那些酒在家里太占地方,已经以极低的价格让烟酒回收店的人收走了。马局长大怒,妻子则不以为然,说如果送礼的人来要,大不了再买十箱同样的酒还回去。

马局长是个极其小心的人,他觉得事情可能没想象的那么简单,他决定去回收店把酒追回来。

他来到回收店,见到老板,说要把那些酒再买回去。老板说:"真不巧,那些酒都已经卖出去了。"

"不可能这么快吧?"马局长觉得有点不可思议。

"你还不知道吗?"老板说,"那些酒现在俏的很,据说酒厂的人给许多单位的头头脑脑都秘密送了酒,搞得这种酒现在成了名牌，到处供不应求呢。"

马局长恍然大悟："啧啧，这种手段真高明，比在电视上做广告划算多了。"

真的和假的

午时，万和饭店来了一伙人。老板抓住为首的一个胖子惊喜地说："这不是万局长吗？贵客驾到，满堂生辉啊，欢迎，欢迎！"

看胖子一脸疑惑，老板又说："万局长，您忘了吗？您的一个远房表弟是我的亲堂哥，咱们是亲戚啊。我的事您可没少帮忙，远的不说，我这个饭店的执照就是您帮着给办的，上回咱店里来了几个吃白食的，也是您一个电话打到派出所，最后所长亲自过来把闹事的那伙赖皮带走了，今天终于逮着个机会报答您。"说着朝服务员使了个眼色，"快，去把菜谱拿过来，让万局长随便点。"

胖子似乎才醒悟过来，连连点头说："我太忙了，记性不太好。"然后冲他们的人一招手，"兄弟们，这是自己人开的饭店，不要客气。"一行人在胖子的带领下，大摇大摆进了雅间。

饭毕，胖子等人正要出门，老板拦住了他，拿出计算器，啪啪几下，摁出了几个数字，1688元，说："请付账吧。"

胖子还以为在开玩笑："你刚才说不是要请我吗，怎么……"

老板收起笑容："对不起，刚才我认错人了，你要真是万局长，别说一千多，就是一万多，我也免费请了，可是你不是，我也没办法。"

胖子嚷道："谁说我不是万局长？"

老板说："真正的万局长刚才打来电话，说一会儿要和派出所的刘所长在这里吃饭，要不你们再等等，大家认识认识？"

胖子蔫了，不情愿地结了账，一伙人灰溜溜地走了。

他们走后，一个新来的服务员问老板："您怎么知道他是假的万局长？"

老板笑了："真的我也不认识。"

商战

这日，兴隆珠宝行来了一位大买主，此买主口气很大，说要把店内最贵重的珠宝定一千件，且不还价。

王掌柜游历江湖数十载，是商场上有名的老谋子，他担心有诈，就说："公平交易，我们店概不赊账。"

对方道："您尽可放心，我们一手交钱一手提货。"说着命两个随从打开一袋银子让王掌柜查验。王掌柜看到货真价实的银子，这才放心，有心成交，但他仓库里的货源却不足一百件。买主听说货源不足，埋怨王掌柜忽悠了他，转身就要走，王掌柜连忙拦住，称三日内即可把一千件珠宝备足，请求再宽限几天。

买主犹豫不决，道："我也是奉命办事，三日后拿不到货不好回去交差。"

王掌柜说："如果您肯把一千件珠宝的银子先交了，我保证三天后把货全部送到您的手上。"

买主说："银子可以交，我担心的是三天后万一拿不到货怎么办？口说无凭，您得立个字据。"

在对方的建议下，王掌柜写下了"若三天后拿不出货，愿意以货物的十倍做赔偿"的字据。

字据立好以后，对方慷慨付了银两，相约三日后前来取货。

王掌柜收了银子，心中大喜，这样的买卖百年不遇，十拿九稳，钱都收了，他还怕什么呢，赶紧备足车马，火速命人进货。

两天后，进货的人差人传信，说此种珠宝已被他人垄断，货源奇缺，价格暴涨。王掌柜一屁股蹲在地上，喃喃道："强中更有强中手，我遇到了高人啊。"

求助

一个十八九岁的女孩跪在十字街口,面前摆着一封求助信,信上写着:我来自云南一贫困山区,母亲早亡,从小跟随父亲在外面打工,前不久父亲突遭车祸身亡,父亲火化后,我已身无分文,因为缺少路费,无法把父亲的骨灰运回老家安葬,希望好心人帮忙,以后定当报答……

围观的人很多,却没一个人往外掏钱的,都说这年头骗子太多,分不清真假。正在这时,一个流里流气的小青年挤进人群,从口袋里摸出几张钞票递到女孩面前。

女孩眼里掠过一丝惊喜,正准备接下,小青年说道:"你怎么报答我呢?"

女孩脸一红,伸出的手又蜷了回去。

小青年一脸坏笑:"你若答应陪我睡一觉,这五百块钱就归你。"

女孩的头垂得更低了。

"行不行?你说句话?"小青年甩着手里的钞票,不耐烦地问。

女孩抬起头,眼泪在眼眶里打转。围观的人群有些骚动,有人实在看不下去了,掏出一百元钱,递到那女孩手里说:"孩子,不要理他,这些做路费够了,快拿着钱送你爹回家吧。"

周围的人见了,你五元,我十元地往外掏钱,并纷纷谴责那小青年不该趁火打劫。

小青年"哼"了一声,把钱重新揣进兜里,扬长而去。

不一会儿,女孩手里的钱已经有了厚厚的一沓,但她仍长跪不起。

人们在唏嘘中渐渐散去,溜走的小青年不知从哪里又冒了出来,他四处张望一番,凑近女孩,悄声道:"该收摊了,换地盘。"

打喷嚏

村头墙根下，王老太和陈氏眯着眼睛聊天晒太阳。

聊着聊着，王老太打了个喷嚏。她一边擤鼻子一边说："喷嚏响，有人讲。肯定是我儿狗娃想我了，自打他当上乡长，天天开会，连回来看我的空儿都没有。"

过了一会儿，陈氏也打了个喷嚏。她说："这是俺那铁蛋儿想我了，自打他在县里当上个啥子书记，忙得连个电话都顾不得跟我打。"

王老太瞅了陈氏一眼，说："咱可不能拖孩子的后腿。我大闺女家有个面粉厂，上次把我接过去住了仨月，那机器吵得人连觉都睡不好，这不，我又回来了。"

陈氏也看了看王老太："俺二妞承包个煤矿，把我接过去住了半年，那机器响得跟打雷一样，我再也不去了。"

王老太心里打起了小九九，这个老婆子，我说啥她就说啥，这不是明摆着要跟我比嘛。

陈氏心想，在我面前吹，小样，看俺哪样比不过你。

王老太说："你打喷嚏，不会是着凉了吧。"

陈氏连连摇头："哪能呢，我的身体比你结实多了……"话没说完，她又接连打了几个喷嚏，这喷嚏打得那么急、那么猛，一点思想准备都没有，打得她头晕眼花，心里直发慌。

王老太说："你给孩子打个电话吧，让他们回来看看。"

陈氏也感觉到不对劲了，她说："唉，孩子们都忙，留住人留不住心啊。"

王老太说："你说这倒是大实话，孩子们再好，也不如身边有个伴。"

　　陈氏叹了口气："唉，老头子走了，孩子们离得远，咱就自个照顾好自个吧。"

　　分别的时候，王老太说："她奶奶，你要是着凉了，别忘了弄点药吃。"

　　陈氏没有回头，却递过来一句话："人打喷嚏牛倒沫，有个小病也不多，明儿见。"

拾荒的老人

他和她本是两个不相干的人。

他,六十多岁,无亲无故,每天奔走在城市的大街小巷,靠拣拾垃圾过活。

她,一所名牌大学的学生,二十一岁,像初升的太阳朝气蓬勃。

这天早晨,包子铺的老板告诉他,江边有个新开发的风景区,那里游客多,扔掉的垃圾也多。

这天恰好是星期天,她忽然想到江边走走,顺便背背英语单词。

他和她几乎是同一时间来到江边的。也许是来得有些早,这里的游人还不是很多。

他发觉这里并不像包子铺老板说的那样热闹,正准备回去,忽然看到水中有个饮料瓶子。瓶子离岸不远,用一根小树枝就能勾过来。他没费多大劲就找到了工具,那根树枝的长度也刚刚好,当树枝碰到瓶子的时候,瓶子也没有像他想象的那样顺利被勾回来,而是越游越远了,但他没有放弃,而是把树枝越伸越长。这时,悲剧发生了,他的脚下一滑,跌进了江里。

她刚好走到这里,看到老人落水,不假思索跳进海里。最后的结果是:老人得救了,但她再也没有上来。

这件事上了报纸的头条,成了一个大新闻。报纸的标题是:大学生用如花的生命换来了一个拾荒老人的暮年,到底值不值?

这件事的议论如火如荼,当人们想起寻找那位拾荒老人的时候,发现他失踪了。

多年后,有人又见到了那个老人,他背着一个大帆布袋子,依然奔走在城市的大街小巷,所不同的是,他的身后跟着一个蹦蹦跳跳的小女孩。

老人说，这是她拾荒时捡来的弃婴。

"我欠了一条命，"他说，"现在我又捡起一条，我要把她养大，供她上学，还要让她考大学，将来也做一个大学生。"

我真想过去给他递杯水，或者擦擦汗，但又怕给他添乱。唉，我还是赶紧走吧，免得看了心疼，回家给他熬锅绿豆粥，等着他回去喝。

既然他没空去看我，我就时常来看他吧，谁让我心疼他呢，我今年都六十多岁了，他可是我唯一的儿子啊。

第十辑

出售幸福

出售幸福

起风了。狂风拍打着窗户，发出猎猎的响声。他关掉电视，忽然想出去走走。

他来到大街上，漫无目的地走着，有一家新开的商店吸引了他的视线。商店不大，装潢却很讲究，宽敞的玻璃橱窗，四周用华丽的大理石镶边，闪烁着炫目的光彩。他走过去，四个大字映入他的眼帘：出售幸福。

各种各样的幸福，按大小和类别不同被分装在一个个精美的盒子里，每一个盒子外面都贴着精制的标签，上面用优雅的笔迹标明了价格。他看到最小的幸福售价是一百块钱。"真够贵的。"他嘴里嘟囔着，摸摸干瘪的腰包，那里刚好有一百块钱，是他用来买面粉的。现在他决定把这个盒子买回家，送给妻子，这样她就不会每天借故跟他吵架了。

商店门口已经排起了抢购的长队，他加入了这支队伍。

幸福买到了，他一路哼着小曲，回到家，却没见到妻子，她去哪儿了呢？就在他愣神的工夫，家里的沙发，电视都不见了，房子也突然从眼前消失。他站在空荡荡的大街上，在漫天的风沙里，抱着幸福的盒子，绝望地呼唤：亲爱的，你在哪里？

有人晃他的胳膊，他睁开眼睛，原来是一个梦。

看到眼前的妻子，他流下了热泪，把梦里的情形一五一十地讲给她听，并愧疚地说："我把幸福买回来了，可惜，只是一个梦，真的很对不起你。"

妻子惊喜地看着他，眼神越来越温柔，她把头埋进他的怀里，深情地说："亲爱的，我现在幸福极了，因为，我看到了你的心。"

还礼

中午，玉兰刚下班，五岁的小女儿就指着门口的一箱牛肉告诉她，说是对门的王二叔叔送来的。玉兰有点纳闷，心想，两家虽然住对门，但平时来往不多，怎么忽然送起东西来了，难道有事相求？又一想，王二可是单位的科长，而他们不过只是一个普通职员，他能有什么事会求着他们呢。

这时，女儿闹着要吃牛肉，玉兰制止了，她总觉得有点不对劲。前天报上才登了一则新闻，有个女人，因为嫉妒邻居家的孩子健康聪明，竟残忍地将其杀害了。王二结婚十几年了还没有孩子，会不会……想到此，她不寒而栗，恰好这时爱人下班回来了。

爱人也感到有点蹊跷，但他说王二不是那种人，让玉兰不要瞎想。他还告诉玉兰，说前一阵子王二家的电脑出了问题，他去帮着重装了一遍系统，当时王二要请他喝酒，他没去，可能王二过意不去。听爱人这么一说，玉兰释然了，但她觉得邻居间互相帮个忙是应该的，这礼还是不该收。

玉兰说："要不我们退回去吧。"

爱人摇摇头："退也不合适，你知道人家会怎样想，还以为咱们不领情呢。"

正左右为难，爱人忽然一拍脑门说："大姐昨天不是快递来两只北京烤鸭吗？我们去还个礼不就行了？"

两人一拍即合。不一会儿，爱人回来了，他说王二不在家，他把烤鸭交给保姆了。

两口子还了礼，有说有笑，如释重负。

这时，婆婆回来了，她扛着一袋米气喘吁吁地进了门，说："东家超市搞活动,我买了一袋米。"她把米放下,又说,"西家超市也搞活动,我先买了一箱牛肉,正愁着没法拿呢,正好碰到王二,就让他帮我捎回来了。"

奇怪的乘客

他大概七十岁左右，脚有些跛，稀疏的头发梳得规规矩矩，露出一个光洁的额头。衣服也穿得比较体面，仿佛要去出席一个什么重要活动。

坐过这辆车的人对他都不陌生，每天上午 10 点和下午 2 点左右，他都会准时上车，坐到终点站，再跟着默默坐回来。我曾经问他到哪里去，他只是摇头，并不答话。或许他是个哑巴，我想。

那天下午，老人已经坐了一个来回，却没有下车，他挪到投币箱前，又掏出一枚硬币。我用手比画着告诉他，已经到站，该下车了。但他不管不顾，坚持把钱投了进去。我只好任由他去，我是司机，无权阻止乘客继续坐车，只是有些心痛，这老人可能有些老年痴呆，他的孩子去哪了？

那天，老人一直坐到我下班，夜已经很深了，人潮散尽的时候，老人颤巍巍地从座位上站起来，我忙走过去搀扶他。

老人握着我的手，突然说话了，他说他明天要到儿子那里去，以后再也不能坐这辆车了……

我有些意外。

原来他的儿女都在外地，因为孤独，只好每天乘坐公交车解闷，时间长了，对这辆车也有了感情。

"想了就回来看看。"我笑着说。

老人点点头，眼里有泪光在闪烁。我把他搀下车，看着他蹒跚的背影渐渐远去，直到消失在夜幕之中。

一个真实的故事

一个胡子拉碴的男人突然闯进了报社："同志,没钱可以登寻人启事吗?"

切,把我们广告部当免费午餐了。

我摆摆手让他出去。

"人找到了再给行不行,我现在离家远,带的钱花完了……"

我正要把他赶出去,突然发现他的眼睛潮潮的,我被一个大男人的眼泪打动了,犹豫了大概两秒钟,搬来一把椅子,让他坐下。

"那天,我和儿子一起抓完螃蟹回家,儿子头上沾满了泥,我让他到村头的大水塘洗洗,没想到会出事。我听到呼救声,跑到村口,远远看见五个孩子的头在水面上挣扎,这几个孩子中,儿子离我最远,我还没游到他身边,就被其他的孩子拽住了,我看着儿子在不远处的水面上扑腾,眼看就要沉到水里去了,我心里那个急啊,可是,别的孩子搂住了我的腰,我无法掰开他们的手,天地良心,我狠不了那个心啊……"

"后来呢?"

"……后来,等我把他们都救上岸,儿子已经看不见了,直到晚上,他的尸体才被找到……"

沉默,一阵揪心的沉默。

"然后,你妻子就离家出走了是吗?"

"是的,她不能原谅我……"他弓起身,把头埋进手里,我看到他的肩膀在剧烈地抽动,过了一会儿,他把头抬起来看着我说,"我不是不想救儿子,但孩子太多了,我没有办法,我一定得找到我妻子,告诉她,我不能再失去她了……"

我问了他妻子的一些情况，把拟好的寻人启事让他看。然后，递给他一张名片，我说："等你的妻子找到了，记得给我来个电话。"

两年过去了，我一直在等他的消息，但我没有接到过他的电话，也没有再见到他。

也许见过一次，那天在街头，在熙熙攘攘的人群里，我看到一个微驼的背影像极了他，但等我揉揉眼睛再看的时候，又不见了……

收废品的小伙子

　　楼下的简易房里住着一个收废品的小伙子,他看起来二十出头,脸庞黝黑,爱笑,见人就打招呼。

　　他承包了我们小区的废品,门口经常堆放着码得整整齐齐的废旧纸箱和瓶子。

　　有一天,我收拾屋子,把一些没用的旧书和旧报都一股脑儿撮给了他,没有要钱。显然,他很感动。就这样,我们熟识了。

　　下班后,我爱去他那儿串门,一边看他整理废品一边闲聊。废品整理好后,小伙子总爱拿起一个小本子埋头写一些东西。有一次,我问他写些什么,他很信任地把本子递给我翻阅。

　　一看就知道这个本子是当废品回收过来的,前面有几页被别人用过撕去的痕迹,后面是他的账本,清晰地记录着每天回收的纸箱斤两和瓶子的数量。每天的账目下都写着几行小字,字写得并不好,却很工整。如:小芳,今天我们的收获不错,再过一个月,你做手术的钱就攒够了。如:今天比较清闲,家里的活多吗?你可别累着啊。又如:小芳,我想你了,真想让你插上翅膀飞过来……

　　我问他小芳是谁,他有些羞涩,说小芳是他未过门的媳妇,有先天性心脏病,他准备过完年就去给她做手术。他还问我附近有没有好点的便宜点的房子,说等小芳做完手术后他们就结婚,结婚后,他准备把小芳带过来。他还告诉我,说小芳长得很好看,像那首歌里唱的那样,有一双明亮的眼睛和一条大辫子。

　　不知怎么,我忽然很感动,答应帮他打听一下房子的事。他很感激,我走的时候,他起身送我,憨厚地笑着,一脸的幸福和满足。

作家不是一般人

大李看到小胡萎靡不振的样子,问他:你怎么了?

小胡说:孤独。

大李很疑惑:你没上班?

小胡说:老板把我炒了,女朋友也跟人跑了,饭也吃不饱了,活着真没劲!

大李笑了:兄弟,你去当作家吧。

小胡定定地瞧了大李好一阵,以为他在说梦话,他说:你以为作家是一般人可以当的?

大李笑着说:作家都是苦难的生活造就出来的,你文笔不错,现在又符合当作家的条件,把你想说的话都试着写出来吧。

小胡没把大李的话当回事,但他觉得闲着也是闲着,晚上失眠的时候,就真的拿起笔写了起来。小胡把他对生活的烦恼和感悟写成"迷糊"系列发到了网上,没想到被一家出版社看上,很快便与他签订了出版合同。小胡的书一面世就受到读者的青睐和热捧,说从这本书里可以看到自己的影子,是现代青年最真实的写照。

小胡成了名人。小胡带着新找的女朋友去感谢大李,大李看着小胡容光焕发的样子问:你现在还孤独吗?

小胡笑着说:多谢大哥指引,我终于熬出来了。

大李叹口气说:兄弟,你的作家当到头了,还是尽快找个工作上班吧。

小胡不以为然。

没多久,有出版社约稿让他写"迷糊"系列二,但他发觉头脑空荡荡的,什么也写不出了。

舍得

某君，普通职员，平生喜好不多，唯一兴趣就是买彩票。一日，紫气东来，忽中大奖，摘得五百万，亲朋同事皆涌之庆贺。

某君为了回报，给哥哥还了贷款，给弟弟买了房子，又给单位同事每人一千元红包，一干朋友每人一辆摩托车。孰料，非但无人感激，反倒惹了一肚子火。同事说他小气，朋友道他吝啬，哥哥嫌他拿的少，弟弟怪他买了套廉价房子。

某君正深感委屈，身边又伸来诸多借钱之手，借钱理由五花八门，借钱表情理直气壮，稍一怠慢，便惹来鄙视、诋毁甚至漫骂。

某君请假躲在家中，仍不时有人上门打扰。他精神恍惚，寝食不安，梦里也有人对他指指点点。某君崩溃，逃至深山，过了一段生不如死的日子。一个月后，他回到家中，把余下奖金悉数捐出，依旧做他的小职员，从此生活平静，天下太平。

作为一个记者，当我坐在他的对面，问他当初是如何舍得时，他给我讲了一个故事。

一只鸟叼了一条鱼，被几只乌鸦看见了，乌鸦便聒噪着穷追不舍。鸟无处可逃，只好疲累飞行，终于不堪重负，嘴巴一松，把鱼还给了大海。乌鸦不见了鱼，便停止追赶。鸟如释重负，栖息在树枝上，心想，背负这条鱼，让我恐惧烦恼，如今没了这条鱼，反而内心平静，生活安宁。

我就是那只鸟。某君说。

捡来的爱

正午,窝棚前有一小片阳光,阳光里躺着一位九十多岁的老人,她坐在老人身边择菜,脚边卧着一只狗。

"你们有什么困难只管说,我会尽力帮助你们。"我说。

"真没啥困难,"她看着我笑,七十多岁的年纪,牙齿快掉光了,笑起来很瘪,却透着一股孩子气。"你看我身上这衣服,啧啧,还新着哩,都是好心人送的,"她炫耀似的拽着身上明显过大的半旧外套,又从门后拎出半塑料袋各种各样的鞋子,"这都是我捡来的,一年四季都穿不完哩。"

一旁的狗醒了,冲着她叫了一声,她亲昵地抚摸它的头,"这小狗也是俺捡来的,是条流浪狗,我扔给它一根骨头就跟着俺回家了,懂事得很,知道护人,也不挑食。"

"你们住在这里,冬天不冷吗?"我问。

"不冷,"说完,好像又怕我不相信,指着里面的床铺说,"记者同志,你去摸摸,那被子可厚实了。"说话的工夫,她拿出一个大饮料瓶子,灌上热水,让床上的老人抱在怀里,"白天暖手,晚上捂脚,渴了还可以打开瓶盖喝几口热水,我自己发明的,比热水袋还好用哩。"确实很好用。但她脸上洋溢的笑容让我看了想哭。

我该走了,她执意送我到胡同口,分别的时候,她又悄悄告诉我:"其实,俺老娘也是捡来的,年纪大了,有些痴呆,我见她可怜,就把她领了回来。"又笑说,"都说我这老太太有福,这么大年纪,有家,有老娘,还有你们这些好心人关心着,我知足哩。"

我被她的乐观感染了,也笑起来,直笑得眼里有了泪。

老伴

老头儿从贴身口袋里掏出一张纸片，在手里摩挲一会儿，轻轻撕碎了。

老婆婆做好了饭，让老头儿先把桌子收拾一下。

老头儿似乎没听见，一动不动。那张纸片在他手里已经成了碎片，手一扬，飘飘洒洒往下落。

老婆婆有些生气，她把热气腾腾的饭菜放到桌子上，一边收拾一边唠叨。

老头儿不愿意了，把老婆婆递到他手中的筷子一扔，站起来就往外走。

老婆婆哑着嗓音喊："走吧，有本事一辈子别回来。"

门"咣当"一声关上了。

老婆婆看着老头儿头也不回地走出门去，越发委屈，一屁股坐到地上大哭起来。

她哭累了，歪倒在床上，心情慢慢平息下来。老头儿一走，这屋子忽然变空了，这空让她感到别扭和不安，心里没着没落的，不由得想起了老头儿的种种好处。

老头儿人倔，但知道疼人呀，冬天，他总是把被窝暖热乎再让她上床；夏天，他让她先睡，他在一边摇蒲扇，一边摇一边给她讲故事。讲就讲吧，还专门讲鬼故事，吓得自己直往他怀里钻……老婆婆想着想着，扑哧一笑，这一笑把她心里的冰化开了，变成了浅浅的水纹，她开始想念老头儿。

老头儿没有走远，他躲在门外，听到老婆婆的哭声止了，才挪动脚步，喃喃自语："老婆子，我这是对你好啊，我得了绝症，撕了诊断书，是不想让你跟着受连累呀……我想好了，不去医院，与其落个人财两空，还不如我一走了之……"

家里的老婆婆躺不住了，她觉得老头儿该回来了，她得起来给老头儿把饭热热。

乡村的夜很静，老婆婆拉风箱的声音在这寂静的夜里像一曲古老而苍凉的乐曲。

孤独的老头儿在这苍凉的乐曲里越走越远……

雇来的爱

男孩说出那句话后就后悔了，他没有想到母亲会发那么大的火。母亲的病越来越严重，已经不能再生气了。

"话可不能那样说，他是你的亲生父亲，你要尊重他！"母亲哽咽着。

"他都把女人领回家了，你还袒护着他。"男孩委屈地嘟囔了一句。

"孩子，不要再说了，那女人是我让他找的，妈妈总有一天会离开你们，你爸照顾我这么多年，吃了很多苦，我走了以后不能让他再继续遭罪了……"

"还有我呢，我怎么会让他遭罪呢？"

"孩子，我知道你很孝顺，但有一些事是你无法做到的，你爸的脾气我了解，我不想让他的后半生过得凄风冷雨的。孩子，我逼着他给你找后妈，是想让他老的时候能有个伴……人总有老的时候……孩子，你不要埋怨我，把那女人领回家是我的主意，我是想趁我还看得见的时候帮他选选……"

男孩别过脸去，泪水顺着脸颊无声地落下。

女人走的时候，父亲出去送她。

男孩尾随着跟到门外，他看到父亲从口袋里掏出二十块钱，左右望望，递给了那女人。

等女人走远，男孩去找父亲。质问他为什么要把家里有限的钱拿给别人。他说，母亲的病越来越严重了，现在正是用钱的时候，家里的钱一分都不能乱给。

父亲说："孩子，我比你还明白，但这钱不能不给。"

父亲把男孩拉到一个角落里坐下,给他讲了很多。

最后,父亲对男孩说:"孩子,我只是想让你妈放心,千万别让她知道,那女人是我雇来的。"

唠叨妻

七年了,他和妻的激情岁月已经被生活中的柴米油盐所冲淡,每天下班,妻总是不知疲倦地唠叨那些老掉牙的话题,譬如:哪个明星又有了桃色新闻,出去买菜看到了什么新鲜事,邻居张奶奶又给她说了些什么花边,她又找到了什么新的减肥方法等等。他对这些话题不感兴趣,却又不能马上走开,每每听得昏昏欲睡,苦不堪言。

有一次,他在单位开了一天会,实在太累了,就冲着她吼:"我困了,你能不能把嘴闭上?"

妻不吱声了,眼里充满了惊讶和委屈。他躲进卧室沉沉睡去,觉得生活很安静,很美好。

第二天,他总觉得好像少了些什么,手里拿着电视遥控器频繁地换台。

第三天,他把遥控器扔在沙发上,什么节目都引不起他的兴趣,生活似乎一下子变得好无聊。

第四天,他开始主动问沉默的妻,演艺界有没有新鲜事,张奶奶又说了些什么话,去没去菜市场,还着重提醒她每天都要坚持锻炼身体。

最初,妻总是含笑不语,后来见他真的想听,便打开了话匣子。在妻的侃侃而谈中,他的呼噜声渐起,但妻没有责怪他,起身拿了一张毛毯轻轻搭在他身上。

从此,他再也没有阻止过妻的唠叨。

他觉得这才是正常的生活。

因小失大

小区门口有一个菜摊，除了卖菜还捎带着售些锅碗瓢盆等日常用品。守摊的是个姓贾的小伙子，见人爱打招呼，嘴巴很甜。

有一次我买完菜，差五毛钱找不开，正寻思着要不要去超市兑换一下，小贾拿起一双筷子说："这筷子正好五毛钱一双，要不您拿双筷子吧？"我一想，也行，以钱换物，倒不用费事了。

后来，我出差一个月，回来后，发现家里的筷子和碗具都已焕然一新，心里很纳闷，正用得好好的，怎么说换就换了呢？

老公苦笑着说："你以为我想换啊，都是去小贾那里买菜，缺零钱找回来的。"我心里有些不悦。老公说，"小贾那孩子看起来也挺憨厚的，权当支持他一下吧。"

有一次我去超市购物，看到一个人正拿着一把零钞在超市兑换整钱，走近一看，原来是小贾。我心里有些不是滋味。

后来再买菜的时候，我宁愿多跑几步路去菜市场也不愿再光顾小贾的菜摊了。但他的菜摊就在小区门口，每次回家都要经过。为了避免尴尬，我每次在市场买完菜都让摊主用黑色的塑料袋装好，裹严实了再回家。小贾看到我还会像以前一样热情地打招呼，"大姐，下班了？""大姐，新鲜的蔬菜，要不要来点？""大姐，好久没见你买菜了？"每当这时，我都要找个理由匆匆搪塞过去，但心里却像做了贼一样不安和愧疚。

再后来，我又出差了。一个月后，我发现小贾的菜摊不见了。老公说，早搬走了，可能是生意不好吧。

我轻轻叹了口气，心里说不清是庆幸还是难过。

事出有因

　　经理太太急着参加宴会，却发现新买的项链不见了，她想让经理帮她找找，经理正赶着上班，没有搭理她，夫人很生气，两人发生了争吵。

　　到了公司，经理还在生气，他有火发不出，就找个理由把主管叫来，冲他发了一通脾气。

　　主管莫名其妙被经理骂了，心里很不痛快，刚好看到前台小姐在打瞌睡，就把她大骂了一顿。

　　前台小姐觉得主管有些小题大做，却又不敢反驳，回到家后，心里仍感到憋屈。这时，她看到儿子从外面玩耍回来，就骂他贪玩，不爱学习，肯定成不了才，将来也跟她一样是个受气包。

　　儿子无故挨了妈妈的骂，心里很委屈，这时，家里的小狗摇头摆尾地走来，他便狠狠地踢了它一脚。

　　小狗本想跟主人温存一下，讨些食吃，莫名挨了一脚后，哀叫着跑出去。它跑到大街上，看到经理家的孩子正在吃东西，就去抢她手里的面包。

　　经理家的保姆在一旁看到了，追着打它，却被一辆疾驰的摩托车撞倒在地。

　　保姆被送进了医院，经理和太太去看她，却意外地从她的口袋里发现了丢失的项链。保姆一出院就被辞退了。

　　太太找到了项链，心情好了，经理的心情也很愉快，他向主管道了歉，主管请前台小姐吃了一顿饭，前台小姐回家后把儿子搂进了怀里，儿子挣脱出来，找到了蜷缩在角落里的小狗，给它丢了一根肉骨头。

邻居

三婶洗被单,借了张奶奶家的大铝盆,由于用洗衣板不慎,铝盆内侧刮破了一道印子。还盆的时候,三婶犹豫了,买个新的吧,划不来,就这样还过去吧,又怕张奶奶怪罪。张奶奶可不是个大方人,曾经因为别人借她俩鸡蛋,没有及时还上,就在村里到处乱说,逢人便讲。这件事虽然不大,但她要是计较起来,怎么办呢?三婶在院子里琢磨来琢磨去,想出一个招。她去屋后的菜园薅了两把菠菜,放到盆里,刚好把印子遮住,然后就去了张奶奶家。

张奶奶接过铝盆放到一边,紧紧握住了三婶的手:"她婶子,你看你,还盆就还盆呗,还拿什么菜哩?"

三婶说:"你甭客气,不就一把菜嘛,谁让咱是邻居呢,我家的就是你家的。"直说得张奶奶脸上的皱纹开成了一朵花。三婶看张奶奶把盆和菠菜都收下了,心里的石头才算落了地。

过了两天,张奶奶要晒粮食,来三婶家借油布。

三婶家刚买了一块新油布,还没有用过,实在不舍得借出去。她想了想,就把那块旧的借给了张奶奶。三婶出门时,瞥了一眼张奶奶家的院子,这一瞥不要紧,心里咯噔一下。她看见张奶奶拿了个剪刀,正弯腰剪她家的油布。莫不是铝盆的事被她发现了?三婶有点生气,但她自觉有愧,又劝慰自己,反正是件破油布,正打算扔了的,剪就剪了吧。虽然这么想了,但心里还是疙疙瘩瘩的。

傍晚,张奶奶来还油布。三婶见油布上花花绿绿。张奶奶说:"我见这块油布上有些小洞,就把它补住了,你看,真是老了,眼睛不太好使,补的不是很匀称,他婶子你别笑话。"

三婶接过油布,脸上飞起一片红霞。